Knaur

Von Friedrich Ani sind als Knaur Taschenbuch erschienen:

Gottes Tochter
German Angst
Die Erfindung des Abschieds
Abknallen

8 Bände der Tabor-Süden-Reihe

Über den Autor:

Friedrich Ani, 1959 in Kochel am See geboren, lebt als Schriftsteller in München. Für seine Arbeiten erhielt er zahlreiche Auszeichnungen, u. a. den Deutschen Krimipreis 2002 für den ersten Band der Tabor-Süden-Reihe und den Deutschen Krimipreis 2003 für die nachfolgenden drei Bände.

Friedrich Ani

SÜDEN UND DAS GRÜNE HAAR DES TODES

Roman

Knaur

Besuchen Sie uns im Internet:
www.knaur.de

Originalausgabe März 2005
Copyright © 2005 by Knaur Taschenbuch.
Ein Unternehmen der Droemerschen Verlagsanstalt
Th. Knaur Nachf. GmbH & Co. KG, München
Alle Rechte vorbehalten. Das Werk darf – auch teilweise – nur mit
Genehmigung des Verlags wiedergegeben werden.
Umschlaggestaltung: ZERO Werbeagentur, München
Umschlagabbildung: Zefa
Satz: Ventura Publisher im Verlag
Druck und Bindung: Clausen & Bosse, Leck
Printed in Germany
ISBN 3-426-62386-2

2 4 5 3

Ich arbeite auf der Vermisstenstelle der Kripo und kann meinen eigenen Vater nicht finden.
Tabor Süden

1

Manchmal sprachen wir über nichts anderes als über den Tod.
»Hast du Angst?«, fragte Martin Heuer.
»Ja«, sagte ich. »Wenn ich glücklich bin.«
»Glaubst du an Gott?«
»Das weißt du doch«, sagte ich und winkte der Wirtin, die an einem Tisch saß und mit Gästen über ein in der Zeitung ausgebreitetes Verbrechen diskutierte. »Wenn es mir gut geht, glaube ich an Gott.«
»Sonst nicht?«
Martin zündete sich eine Zigarette an, blies den Rauch in Richtung Tür und rutschte auf dem Barhocker herum. Seine Daunenjacke knisterte. Draußen war es ziemlich warm, aber er hatte den Reißverschluss geschlossen und dachte auch in der Kneipe nicht daran, ihn zu öffnen oder womöglich die Jacke abzulegen. In ihm war etwas erkaltet. Und vielleicht sog er deshalb so gierig den Rauch seiner Salemohne ein, weil er sich einbildete, auf diese Weise gelange ein wenig Wärme in seine Arktis.
Darüber sprachen wir nicht. Schon lange nicht mehr.
»Noch zwei?« Die Wirtin wirkte nicht weniger bebiert als wir.
Martin nickte.
»Unbedingt«, sagte ich.
»Hast du das gelesen?«, sagte die Wirtin, die Hanni hieß, wie sie mir einmal bei einer innigen Abschiedsumarmung nach einem endlosen Abend ins Ohr geflüstert

hatte. »Jetzt müssen die den Prozess von vorn anfangen, weil der Zeuge das Mädchen in der Türkei gesehen hat. Gibts doch nicht. Glaubst du so was? Da stimmt doch was nicht. Die ist doch tot. Der Bursche, der da vor Gericht steht, der wars. Die ist doch nicht in der Türkei! Wie soll die da hingekommen sein?«

Sie stellte die Gläser vor uns auf den Tresen und zog mit einem Kugelschreiber einen weiteren blauen Strich auf meinem Deckel. Es war Freitagabend und Martin mein Gast.

»Die Polizei hat Mist gebaut«, sagte Hanni. »Die brauchen jetzt ein Alibi.«

»Was für ein Alibi?«, sagte ich.

Obwohl ich relativ regelmäßig im »Augustinerstüberl« an der Tegernseer Landstraße mein Bier trank – ab und zu in Begleitung meines besten Freundes und Kollegen Martin Heuer –, kannte kein Gast meinen Beruf. Wenn ich allein am Tresen stand, redete ich selten mit jemandem, allenfalls mit der Wirtin, die eine Vorliebe für Fragen hatte, die sie sich selber beantwortete.

»Das Mädchen ist tot, die liegt irgendwo verbuddelt unter der Erde, und die Polizei findet die Leiche nicht. Wieso haben die den Sohn von dem Wirt verhaftet? Die haben endlich was gebraucht zum Vorzeigen. Die haben komplett versagt. Haben die nicht die ganze Sonderkommission ausgewechselt wegen Erfolglosigkeit? Das ist von München ausgegangen, von oberster Stelle und jetzt ...«

»Möge es nützen!«, sagte Martin und hob sein Glas.

Seit er gelesen hatte, dass dies die Übersetzung von prosit sei, hatte er einen Trinkspruch.

»Möge es nützen!«, sagte ich.

Wir stießen mit den Gläsern an und tranken und wischten uns den Schaum vom Mund.

»Der Bursche sagt nichts«, sagte die Wirtin und sah Fredi an, der wie immer am Rand des Tresens saß, ein fetter Mann mit einem schwarzen dichten Vollbart, der sein breites Gesicht ausufernd erscheinen ließ. Wann immer ich ihm begegnete, trug er einen Blaumann mit der Aufschrift der Brauerei, für die er arbeitete. Und er trank Rotwein – in einer Kneipe wie dem »Augustinerstüberl« eine waghalsige Art des Durstlöschens. Gern kratzte er sich intensiv und ausführlich an den Unterarmen, was ein Geräusch verursachte, dessen nervzerrende Eindringlichkeit den ständig dudelnden Schlagern aus dem Radio in nichts nachstand.

Fredi nickte. Es sah aus, als würde sein Kopf jedes Mal nach unten plumpsen.

»Der sagt nichts«, wiederholte Hanni. »Und wahrscheinlich weiß er nichts. Er ist ja auch noch behindert. Magst noch einen, Fredi?«

Wortlos schob Fredi das leere Glas an den Rand der Theke. Aus einer bauchigen Flasche mit einem roten Plastikschraubverschluss schenkte Hanni nach.

»Zmwoi!«, sagte Fredi zu niemandem direkt, bevor er trank.

Hanni zündete sich eine Zigarette an und setzte sich wieder an den Tisch.

»Ich glaub an Gott«, sagte Martin. Und ich bemerkte, wie seine Hand mit der Zigarette zitterte. »Aber glaubt er auch an mich?«

»Er hat keine andere Wahl«, sagte ich.

»Wieso?«

»Du bist sein Kind.«

»Spinnst jetzt?« Mit einem Zug leerte Martin sein Glas, inhalierte den Rauch und behielt ihn in der Lunge, hustete und wischte sich über die Stirn. In der trüben Beleuchtung der Kneipe verlor sein bleiches, knochiges Gesicht an Trostlosigkeit, und seine wie zu einem Nest geformten Resthaare schimmerten ein wenig und klebten ihm nicht nur schweißig am Kopf.

Dann schwiegen wir.

Unser Schweigen wurde von Ralph McTell gestört, dessen »London-Song« wir schon in unserer Jugend Ohrkrebs fördernd fanden. Zum Glück landete er danach keinen Hit mehr.

Von draußen hörten wir das Prasseln des Regens, der, von kurzen Unterbrechungen abgesehen, seit drei Tagen anhielt.

»Glaubst du, die Türkei-Sache bringt was?«, sagte Martin, die Hände um das Glas geklammert, als wolle er sich daran wärmen.

Nach der Einschätzung des Staatsanwalts führten die Beobachtungen des Zeugen zu keiner neuen Spur. Zwar behauptete der Mann, die achtjährige Magdalena auf dem Markt einer türkischen Kleinstadt wiedererkannt zu haben, doch die Begegnung lag zwei Monate zurück. In den Befragungen durch die Kollegen der Sonderkommission machte der Ingenieur anscheinend widersprüchliche und ungenaue Aussagen, die das laufende Gerichtsverfahren nicht ins Wanken brachten. Vor einem Jahr war das Mädchen auf dem Heimweg von der Schule spurlos verschwunden, niemand im Dorf hatte etwas bemerkt, und die Kollegen, die vor Ort fahndeten, gerieten zunehmend unter Druck. Die Presse nahm den Leiter der Soko Magdalena ins Visier, und nach acht Monaten wurde er von unserer obersten Dienststelle, dem Innenministerium, abberufen. Seinem Nachfolger gelang wenig später die Festnahme eines Mannes, der auch vorher schon unter Verdacht geraten war, allerdings ohne ausreichende Beweise. Mit einem Mal legte er ein Geständnis ab. Er erklärte, er habe dem Mädchen aufgelauert und es anschließend in einen Wald entführt und missbraucht. Umgebracht habe er Magdalena jedoch nicht, er wisse nicht, wo sie nach der Vergewaltigung hingelaufen sei. Die Widersprüche in seinen Aussagen häuften sich, und im Wald wurden neue Spuren gefunden, worauf der Staatsanwalt Anklage wegen Vergewaltigung und Mordes erhob. Der geistig zurückgebliebene junge Mann hielt an seiner ursprünglichen Aussage immer noch fest. Ob die Indizien für eine Verurteilung reichen würden, war nach wie vor ungewiss.

»Der Zeuge will das Mädchen eine Minute lang gesehen haben«, sagte ich. »Gleichzeitig hat er erklärt, sie sei an der Hand einer Türkin an ihm vorbeigegangen.«

»Eine Minute lang?«, sagte Martin.

Ich schwieg.
Für eine Vermissung wie die der achtjährigen Magdalena nicht zuständig zu sein, versetzte uns in einen Zustand von beinahe ärgerlicher Rastlosigkeit, weil wir uns einbildeten, aus dem Umfeld des Opfers ganz andere Dinge herausschälen zu können als unsere Kollegen, geheime Dinge, nur uns zugängliche Dinge.
Und dabei scheiterten wir oft genug an unseren eigenen Fällen, aus Blindheit, aus Sturheit. Und wir benötigten meist eine lange Zeit, um die entscheidende Tür zu öffnen oder diese in einem lichtlosen Haus überhaupt erst zu entdecken.
Es war ein lindgrün gestrichenes Haus, an dessen Tür wir am nächsten Tag, an dem wir eigentlich dienstfrei hatten, klingelten. Und es sollte fünf Wochen dauern, bis sich jene Tür vor unseren Augen auftat, hinter der uns die wahre Wirklichkeit in Empfang nahm.

Er ging voraus, knipste das Licht an und hielt plötzlich inne.
»Babett?«, sagte er mit leiser, knarzender Stimme und mit nach vorn gebeugtem Oberkörper. Der Schulterteil seines grauen Anoraks war vom Regen durchnässt.
Im Flur hingen an einer schmiedeeisernen Garderobe zwei dunkle Wintermäntel, eine apricotfarbene Strickjacke, verpackt in Reinigungsfolie mit einem gelben Preisschild, und eine ausgebleichte hellblaue Jeansjacke.
»Bist du da, Babett?«
Konstantin Gabelsberger erhielt keine Antwort.

»Ist nur der Regen«, sagte er enttäuscht.
»Wann waren Sie zum letzten Mal hier?«, fragte Martin.
»Das weiß ich genau«, sagte Gabelsberger. »Vor genau einem Monat. Am ersten Samstag im März.«
»Sie treffen sich immer am ersten Samstag im Monat«, sagte ich.
»Immer.« Er stand im Wohnzimmer und betrachtete die Möbel, den Glasschrank mit den fernöstlich anmutenden Tellern und Tassen, den Sechspersonentisch aus rötlichem Holz, die dunkle Couch, die in hellem Holz gehaltenen Regale voller Bücher, Puppen und Zinnfiguren.
Die Wohnung sah aufgeräumt und sauber aus. Auf den ersten Blick war es unmöglich abzuschätzen, wann sich jemand zum letzten Mal in den niedrigen Räumen aufgehalten hatte. Es lagen keine Zeitungen herum, ein paar Illustrierte stapelten sich auf dem runden Glastisch neben der Couch. Auf dem schmalen Bett im Schlafzimmer lag ordentlich ausgebreitet eine rosafarbene Seidendecke, und über einem Sessel im gleichen Farbton hing ein schwarzes Kleid. Im Bad glänzten die Chromteile, das Regal über dem Waschbecken und ein weiß bemaltes Schränkchen mit fünf Ablageflächen waren voller Cremedöschen, Flakons, Tablettenschachteln, kleinen Spiegeln und Bürsten, Seifenschälchen und Waschutensilien. Es schien nichts zu fehlen, nichts deutete auf eine längere Abwesenheit der Bewohnerin hin.
»Es ist alles so, wie Sie es kennen«, sagte ich.
»Mir fällt nichts auf«, sagte Gabelsberger, der zunehmend fassungsloser wirkte.

Gestern, während Martin und ich einen Ausweg aus dem »Augustinerstüberl« gesucht hatten, benutzte Konstantin Gabelsberger seinen Schlüssel für das Haus Am Englischen Garten 1 im Münchner Vorort Ismaning. Zuvor hatte er mehrmals geklingelt und geklopft und durch die Fenster gespäht, deren grüne Läden nicht geschlossen waren. Als er im Innern niemanden vorfand, begann er, sich zu sorgen. Eine Stunde später verständigte er unsere Kollegen auf dem örtlichen Revier. Wie sich herausstellte, verreiste die dreiundsiebzigjährige Babette Halmar mehrmals im Jahr spontan, entweder an die Nordsee, wo sie stundenlang am Watt spazieren ging, oder nach Thüringen, wo sie immer dieselben Altstädte besuchte, speziell in Erfurt und Weimar. Und meist sagte sie vorher niemandem Bescheid. Nicht einmal ihrem engsten Vertrauten, dem ehemaligen Hausmeister Gabelsberger, der nicht weit von dem grünen Haus entfernt in einem achtstöckigen Mietshaus wohnte, dessen Fassade merkwürdigerweise in einem ähnlichen Rosa gehalten war wie jenes, das wir in den Zimmern der alten Dame vorfanden. Unsere Kollegen hatten Gabelsberger erklärt, für eine Vermisstenanzeige sei es zu früh, und er solle am nächsten Morgen erst einmal in aller Ruhe in den Pensionen anrufen, in denen Babette Halmar gewöhnlich übernachtete. Was hätten die Kollegen tun sollen? Es gab keine Anhaltspunkte für eine Straftat oder einen Unglücksfall. Nur die Frage, ob die Frau Suizidabsichten habe, versetzte Gabelsberger, wie mir die Kollegen mitteilten, in Unruhe. Sie hatten den Eindruck, als habe er, vielleicht sogar aufgrund von Andeutungen der Frau, an diese Möglichkeit schon gedacht, das Thema aber verdrängt.

Doch er blieb bei seiner Behauptung, für einen Selbstmord sei Frau Halmar viel zu lebensfroh, zudem besitze sie eine stabile Gesundheit und habe – und das wollten ihm meine Kollegen nicht recht glauben – niemals irgendeine Bemerkung in dieser Richtung fallen lassen.

In derselben Nacht wählte Gabelsberger sämtliche Telefonnummern außerhalb Ismanings, die ihm Babette Halmar je gegeben hatte, und jeder Ansprechpartner versicherte ihm – wie er uns heute Vormittag erklärte –, dass Frau Halmar weder zu Gast sei noch ihr Kommen angekündigt habe.

Am Samstagmorgen um acht Uhr, nach einer schlaflosen Nacht, in der er nochmals zum Haus gegangen war, ohne es allerdings zu betreten, rief er im Dezernat 11 in der Münchner Bayerstraße an und ließ sich mit meiner Dienststelle verbinden, um eine Vermisstenanzeige aufzugeben. Da wegen zwei aktueller, aufwändiger Vermissungen, in die mehrere Kinder und ein rumänisches Ehepaar verwickelt waren, sämtliche Kollegen seit sieben Uhr unterwegs waren, rief mich mein Vorgesetzter Volker Thon zu Hause an, und ich informierte daraufhin Martin Heuer. Als wir ins Büro kamen, wartete Konstantin Gabelsberger schon auf uns.

»Und Sie haben sie seit einem Monat nicht gesehen«, sagte ich.

Gabelsberger schüttelte den Kopf, den er nur noch gesenkt hielt.

Wir standen zu dritt in der Küche, in der es nach abgestandener Luft roch. Ich öffnete den Kühlschrank. Darin befanden sich verschiedenfarbige Tupperware-Behälter, Schinken und Wurstaufschnitt, der nicht mehr frisch aussah, zwei Flaschen Mineralwasser, eine noch verkorkte Flasche Sekt und eine ungeöffnete Milchtüte, deren Verfallsdatum abgelaufen war.
»Sie hat nie viel im Haus«, sagte Gabelsberger.
»Frau Halmar hat keine Verwandten«, sagte ich.
»Nein.«
»Und Sie sind ihr bester Freund.«
Er nickte wieder mit gesenktem Kopf.
»Wie alt sind Sie, Herr Gabelsberger?«
»Neunundsechzig.«
»Wo und wann haben Sie Frau Halmar kennen gelernt?«
Er hob den Kopf und blinzelte. Er versuchte, seine Tränen zu verstecken. Seine Wangen waren gerötet, er atmete schwer, was vielleicht an seinem Übergewicht lag. Gabelsberger war ein gedrungener Mann mit kleinen blauen Augen und schmalen Brauen. Seine ganze Erscheinung glich seinem Anorak: unauffällig und grau. Wenn man ihm auf der Straße hinterhersah, schien er sich schon nach wenigen Metern in der Farbe des Asphalts aufzulösen.

Ich mochte ihn vom ersten Moment unserer Begegnung an. Er gehörte zu den Menschen, wegen denen ich möglicherweise – allen Rückschlägen, Niederlagen, Todesfällen und sinnlosen Bemühungen zum Trotz – weiterhin Polizist geblieben war, in diversen Abteilungen und schließlich zwölf Jahre in der Vermisstenstelle, wo mich manche Kollegen einen »Schicksalsversteher« nannten. Dabei habe ich bis heute kaum etwas weniger verstanden und nachempfinden können als das Schicksal, in dessen Gehege ich mir manchmal vorkam wie die Hauptfigur in der Fiktion eines drogensüchtigen Tyrannen.

Wenn mir in den Jahren, die ich als Hauptkommissar im Dezernat 11 verbracht habe, etwas klar geworden ist, dann, warum manche Menschen einen Schatten werfen und andere von Schatten verfolgt werden.

Während jene einfach ihr Leben führen, ganz gleich, wie störrisch und bösartig es ihnen begegnet, und den Weg gehen, den sie ihren Schritten zumuten, bis zum Ende, nicht ständig im Überschwang, doch immer mit geraden Schultern und vorzeigbarem Gesicht, verharren die anderen seit ihrer frühen Zeit in gebückter Haltung, verwirrt vom Trubel der Geräusche und Stimmen um sie herum und vom Geröll ihrer Gedanken, von dem sie innerlich verschüttet werden. Ihnen bleibt nichts, als sich mitschleifen zu lassen, manche halten durch bis zum Ende, und manche wundern sich nur noch über ihre Erdbeständigkeit.

»Würd es Ihnen was ausmachen, wenn wir rausgehen?«, sagte Konstantin Gabelsberger. »Hier drin ist es so leer, finden Sie nicht?«

»Ja«, sagte ich.

Er schaute mich verwundert an.

Vor dem Haus setzte sich Gabelsberger auf die weiße

Bank unter dem Fenster, das zur Straße ging. Ein Palisadenzaun grenzte das Grundstück vom Bürgersteig ab.
Jeder von uns dreien hielt einen aufgespannten Schirm, Martin einen gelben, Gabelsberger einen weißen und ich einen orangefarbenen.
Wir bildeten ein narzissenbuntes Trio angesichts des Regengraus.
»Bitte!«, sagte Gabelsberger, wischte die Sitzfläche ab und drückte sich an die Seitenlehne der Bank, damit noch Platz für Martin und mich blieb.
Ich sagte: »Ich stehe lieber.«
Martin setzte sich und hielt seinen Schirm schräg. »Wem gehört die Jeansjacke an der Garderobe?«, fragte er.
»Verona. Vermut ich.«
»Wer ist das?«
»Ein junges Mädchen, das manchmal für Babett Besorgungen macht.«
»Haben Sie mit ihr gesprochen?«, fragte Martin.
Gabelsberger schüttelte den Kopf und senkte ihn wieder.
Martin stand auf. »Ich geh zu den Nachbarn, mit denen haben Sie ja auch noch nicht gesprochen.«
Das hatte uns Gabelsberger im Dezernat erzählt, bevor wir ihn davon überzeugen konnten, dass wir keine Fahndung einleiteten, ohne vorher Informationen aus dem Bekanntenkreis der Verschwundenen einzuholen. Die Begründung, wieso er sich nicht bei den Nachbarn, die auf demselben Grundstück wohnten, nach Babette Halmar erkundigt hatte, klang fast wörtlich so wie die im Zusammenhang mit Verona.

»Die mag mich nicht, und ich mag sie, ehrlich gesagt, auch nicht besonders.«

»Aber Frau Halmar mag das Mädchen«, sagte ich.

Den Schirmstiel zwischen Schulter und Wange geklemmt, öffnete Martin einen der Fensterläden an einem zweiten grünen Gebäude, das wie ein Schuppen wirkte und ein paar Meter entfernt im rechten Winkel zum Haus stand.

Ich sagte: »Ich möchte Ihnen eine Frage stellen. Aber erschrecken Sie bitte nicht.«

»Das kann ich nicht versprechen«, sagte Gabelsberger und stützte eine Hand aufs Knie, während er mit der anderen unbeweglich den Schirm festhielt.

»Frau Halmar hat bestimmt ein Testament gemacht«, sagte ich.

Gabelsberger starrte vor sich hin. Ich sah, wie Martin den Fensterladen schloss, sich in meine Richtung drehte und den Kopf schüttelte. Dann ging er zu dem neu gebauten weißen Haus mit den großen Fenstern im hinteren Teil des Grundstücks.

»War das Ihre Frage?« Gabelsberger hob den Kopf und blinzelte wieder, diesmal wegen des Regens, der ihm ins Gesicht wehte.

»Ja«, sagte ich.

Wir schwiegen.

Nach einer Weile sagte der graue Mann mit leiser Stimme: »Wenn sie eins gemacht hat, dann hat sie mich darin nicht bedacht, das weiß ich.«

»Woher wissen Sie das, Herr Gabelsberger?«

»Babett war nie verheiratet«, sagte er und kniff die Augen

zusammen und öffnete sie erst, als er aufhörte zu sprechen. »Wir kennen uns seit fünfzehn Jahren, und ich hab ihr zweimal einen Antrag gemacht. Sie hat abgelehnt. Ich hab sie gefragt, ob es einen anderen gibt in ihrem Leben. Sie hat nicht Nein gesagt. Auch nicht Ja. Ich weiß aber, dass es da einen Mann gab, der ihr viel bedeutet haben muss. Sie hat ihn mal erwähnt, ich wollt sie ausfragen, aber das klappte nicht. Sie ist die personifizierte Verschwiegenheit. Wenn Sie die verhören, dann beißen Sie auf Titan.«
Er machte eine Pause, ohne sich zu bewegen. Ich stand schräg vor ihm, und er schaute aus den Schlitzen seiner Augen an mir vorbei zur Straße.
»Ich glaub, er hat ihr nach dem Krieg geholfen. Ja, das weiß ich, so viel hat sie zugegeben. In der schlimmen Zeit. Hab ich Ihnen erzählt, wie wir uns kennen gelernt haben?«
»Ja«, sagte ich. »Im Dezernat.«
»Entschuldigung.«
Er schwieg. Der Regen prasselte auf unsere Schirme. Trotzdem war es nicht kalt, fast mild.
»Im Krankenhaus hab ich ihr übrigens zum ersten Mal vorgelesen«, sagte Gabelsberger. »So fings an. Jetzt fällts mir wieder ein. Noch am selben Abend. Ich bin ja nicht weggegangen, ich hab gewartet. Hätt ja ein Herzinfarkt sein können. Hinterher hat der Arzt zu mir gesagt, das sei gut gewesen, dass ich nicht lang gezögert, sondern sie sofort in meinen Kombi verfrachtet und in die Klinik gebracht hab. Jetzt fällts mir wieder ein: Das Buch hat mir eine Schwester geliehen. Weil die Babett doch was vor-

gelesen bekommen wollt. Kaum war sie wieder einigermaßen wach, wollt sie, dass ihr jemand was vorliest. Sie liest so gern. Ich weiß nicht mehr, worums ging in dem Buch von der Schwester. Sie ist dann bald eingeschlafen, die Babett.«
Für einige Sekunden schloss er die Augen. Dann öffnete er sie und sah zu mir hoch.
»Wollen Sie nach dem Testament suchen?«
»Nein«, sagte ich. »Vielleicht kommt Frau Halmar noch heute zurück.«
Gabelsberger nickte lange und ließ sich vom gleichgültigen Regen ins Gesicht schlagen.
»Besitzen Sie ein Foto von Babette Halmar?«, sagte ich.
Und als habe er bereits auf die Frage gewartet, griff er hastig in die Innentasche seines Anoraks.
»Das ist das einzige«, sagte er und hielt die Hand schräg über das Foto, das kaum größer als ein Passfoto war. »Sie lässt sich nicht knipsen, immer schon. Das hier ist mindestens zwanzig Jahre alt, schwarzweiß, sie wollt es wegschmeißen, das war, kurz nachdem ich sie kennen gelernt hab. Ich konnts ihr abluchsen. Eigentlich hat sie sich wenig verändert seither.«
Ich sah ein unscheinbares Gesicht, große dunkle Augen, eine etwas flache Nase, helle, halblange Haare, ein eigenartiges, wie verstecktes Lächeln um die geschlossenen Lippen. Die Aufnahme wirkte verwaschen und verwackelt, das Papier hatte Risse.
Ich sagte: »Ist das ein Grübchen oder eine Narbe am Kinn?«

Ohne hinzusehen, sagte Gabelsberger: »Sie haben gute Augen. Das ist eine Narbe. Woher sie die hat, weiß ich nicht. Ich hab sie gefragt, sie hat gesagt, sie hätts vergessen. Verlieren Sie mein Andenken bitte nicht.«

2

Nachdem wir Konstantin Gabelsberger zum Miethaus an der Lindenstraße gebracht hatten, wo er wohnte und früher als Hausmeister tätig gewesen war, kehrten Martin Heuer und ich in einem Café ein, um zumindest unsere Jacken vorübergehend zu trocknen. Es war ein neues, in roten und braunen Tönen gehaltenes Café mit Kerzen auf den Tischen. Wir setzten uns an einen mit grünen Kacheln gefliesten runden Tisch im orientalisch anmutenden Nebenraum, der eher wie ein Laden für Kunden mit speziellen Einrichtungswünschen wirkte als wie ein Lokal. Und tatsächlich mussten wir unsere Getränke an der Theke selbst holen, da, wie uns die Bedienung erklärte, die Schanklizenz nur für den Eingangsbereich galt. Zum Kaffee bestellte ich ein Tramezzino mit Rucola und Martin zum Bier ein Panino mit Schinken. Unser gleichgültiger Blick auf die Teller in der Vitrine hatte sich sekundenschnell in einen Befehl an unsere Mägen verwandelt, die sofort, fast synchron, ein Geräusch von sich gaben.
»Frisch und lecker«, sagte lächelnd die junge Bedienung.
»Unbedingt«, sagte ich.
Eine Weile hörten wir in unseren Korbsesseln dem Getrommel des Regens auf dem Parkplatz zu und aßen. Ich sog den Duft des starken Kaffess ein, während Martin sein Glas leer trank und sich ein zweites holte. Ich sprach ihn nicht darauf an. Es war kurz vor zwölf Uhr mittags, und wir waren im Dienst. Ich sprach ihn schon länger

nicht mehr darauf an. Was unsere Kollegin Sonja Feyerabend, die meine Freundin war, unverantwortlich und feige fand.
Aber die Beziehung zwischen Martin und mir ließ sich so wenig durch Ratschläge von außen beeinflussen, wie mein Freund, mit dem ich meine Kindheit und Jugend geteilt und der mich zur Polizei gebracht hatte, auf meine Bitten und Beschwörungen reagierte. Solange er seine Arbeit bewältigte, hielt ich mich mit Vorwürfen zurück. Und wenn wegen seines Trinkens oder seiner nächtlichen Aushäusigkeit Probleme entstanden, versuchte ich sie an seiner Stelle zu beseitigen. Darüber redeten wir nicht.
Ich verschwieg ihm meine Angst, die sein Anblick manchmal in mir auslöste, sein aschiges, erloschenes Gesicht, seine zersplitterte Stimme, sein ausgezehrter Körper, die Aura unerreichbarer Abwesenheit, die ihn umgab und die ihm bewusst und egal war. Statt ihn anzuschreien, schrie ich allein in meinem Zimmer. Statt ihn in den Arm zu nehmen, trommelte ich auf meinen Bongos. Und ich wusste, alles andere hätte ihn nur noch weiter fortgetrieben.
Ich weiß es bis heute. Und im gleichen Maß bilde ich mir bis heute ein, ich hätte seinen Tod verhindern können, zumindest die Art seines Todes, wenigstens das.
»Ich war gestern noch bei Lilo«, sagte Martin und schüttelte die Hand mit dem brennenden Streichholz. »Die Geschäfte laufen nicht gut zurzeit.« Er inhalierte den Rauch vollständig und zupfte Tabakkrümel von der Unterlippe.

Ich sagte: »Warum eine Reisetasche und nicht wie üblich den Koffer?«

Von den Nachbarn im Neubau auf dem Grundstück hatte Martin erfahren, dass Babette Halmar bei ihren Reisen einen beigen handlichen Koffer mit ausziehbarem Griff und zwei kleinen Rädern benutze und nur bei größeren Einkäufen ihre grüne Reisetasche. Nach mehrmaligem Nachfragen gelang Martin die ungefähre Festlegung des Zeitpunkts, an dem die alte Frau – offensichtlich, um zu verreisen – ihre Wohnung verlassen hatte.

»Seit etwa drei Wochen haben sie sie nicht mehr gesehen«, sagte ich.

»Sie behaupten, sie wären fest davon ausgegangen, dass sie an diesem Wochenende zurückkommt«, sagte Martin und schlug eine Seite seines Notizblocks um.

»Warum?«

»Angeblich bleibt sie nie länger als drei Wochen weg.«

»Sie ist aber nicht verreist«, sagte ich. Nichts in ihrer Wohnung deutete darauf hin. Sogar ihr Knirps hängt an der Garderobe.«

»Sie kann ihn vergessen haben«, sagte Martin.

»Nein.«

Nach einiger Zeit, während der ein junges Paar hereinkam und sich auf die lange Holzbank in der Mitte des Raumes setzte, sagte Martin: »Ja. Und sie hätte ihre Lebensmittel aufgegessen oder mitgenommen und die alte Milch weggeschüttet.«

Davon war auch ich überzeugt. Genauso wie davon, dass eine Zeitspanne von drei Wochen im Fall einer abgängigen dreiundsiebzigjährigen Frau etwas nicht bedeutete: Anlass zur Beruhigung.

Von den rund eintausendfünfhundert Vermissungen, die wir durchschnittlich jedes Jahr zu bearbeiten hatten, entfiel bei den Erwachsenen die Mehrzahl auf Fälle von Selbstmord oder Klinikentweichungen. Da wir bei Babette Halmar bisher keine Hinweise auf verwirrtes Verhalten oder sonstige Auffälligkeiten hatten, mussten wir aller Erfahrung nach von einer Straftat oder einem tödlichen Unfall ausgehen. Glückliche Wendungen wie jene in der Akte des zweiundsiebzigjährigen Gabriel Sebald gehörten zu den absoluten Ausnahmen: Der Rentner war an einem Wochenende im März von seiner Frau als vermisst gemeldet worden, weil er mehrere Stunden nicht nach Hause gekommen war und sie ihn an all den Orten, die er trotz seiner schweren Magen- und Herzkrankheit aufsuchen konnte, nicht angetroffen hatte. Ihren Vermutungen zufolge, die von den Aussagen des Hausarztes, den Sonja und ich befragten, eher untermauert als entkräftet wurden, lag der Mann nach einem Herz- oder Schlaganfall irgendwo hilflos im Freien. Obwohl Maria Sebald die Lieblingsplätze ihres Mannes – an der Isar nahe der Museumsbrücke, rund um den St.-Anna-Platz – bereits abgeklappert hatte, verbrachten wir in der Nacht zum Sonntag mehrere Stunden dort und klingelten an Häusern. Niemand hatte den gebückt gehenden weißhaarigen Mann mit dem Krückstock gesehen. Am nächsten Morgen wollten wir gemeinsam mit fünf Kollegen dieselben Strecken noch einmal kontrollieren, als

Maria Sebald im Dezernat anrief und mitteilte, ihr Mann sei soeben aufgetaucht. Allem Anschein nach gehe es ihm nicht schlechter als vorher, die Nacht habe er auf einem Sofa in einer Garage verbracht. Warum er das getan habe, könne er nicht sagen. In meiner Gegenwart schlief er dann ein, und ich fand, er machte einen völlig erschöpften und zugleich eigenartig gelösten Eindruck. Wir schickten einen Widerruf ans Landeskriminalamt, wo mein Kollege Wieland Korn die Daten sämtlicher Vermisster in Bayern koordinierte, und schlossen die Akte. Noch bevor unsere Recherchen in Ismaning begannen, hatte ich sie vergessen.

Anscheinend motivierte sie unser Besuch dazu, ihre Fingerfertigkeit zu vervollkommnen. Während Martin ihr gegenüber saß und Fragen stellte, tippte sie mit ungeheurer Geschwindigkeit weiter und hielt den Blick immer nur für Sekunden gesenkt, als wolle sie auf keinen Fall unhöflich erscheinen. Um den Kopf hatte sie ein blaues Frotteehandtuch gewickelt, mit gekreuzten Beinen hockte sie auf dem weißen Sofa, und wenn sie nachdachte, schürzte sie die Lippen wie ein kleines Kind. Verona Nickel war fünfzehn und schlank, eigentlich dünn. Sie trug hellblaue Röhrenjeans und darüber ein pinkfarbenes T-Shirt, auf dem in schwarzen Buchstaben »PINK« stand. Sie war barfuß und hatte ihre Zehennägel im selben Hellrot lackiert wie ihre Fingernägel, die auf den Tasten ihres Handys ein unaufhörliches Klacken veranstalteten, das in meinen Ohren dem gleichmäßigen Prasseln des Regens wie ein Echo hinterherhinkte.

Ich stand beim Fenster, die Hände hinter dem Rücken, bemüht, meine Ungeduld zu zügeln. Was Verona auf die Fragen von Martin Heuer antwortete, empfand ich teilweise als belanglos, teilweise als kindische Spielerei, die sie vermutlich nicht einmal bemerkte.

»Ich hab nur eingekauft für sie«, sagte das Mädchen. »Hintergründe kenn ich nicht.« Sie tippte in ihr Handy, sah kurz auf, als lese sie von Martins Lippen ab und übermittele die Botschaft sofort an ihre Freundin. Einen männlichen Empfänger schloss ich aus.

»Hintergründe kennst du nicht«, wiederholte Martin. Er saß auf einem blau lackierten Holzstuhl, den er vom Tisch weggerückt hatte, und hielt einen DIN-A4-Block auf den Knien.

»Sie ist öfter mal untergetaucht«, sagte Verona und unterbrach ihre sphärische Korrespondenz, bis Martin wieder das Wort ergriff.

»Davon wissen wir nichts. Was bedeutet: untergetaucht? Musste sie in den Untergrund gehen?«

»Das weiß ich nicht«, sagte Verona allen Ernstes und warf mir einen schnellen Blick zu, bevor sie Martins Frage fingerflink weiterleitete.

»Wurde sie verfolgt?« Martin verzog keine Miene, sein Blick ruhte wie die Tatze eines schlafenden Grizzlys auf der Schülerin.

»Das kann ich nicht sagen.«

»Du hältst es aber für möglich.«

»Ich mag die alte Dame, ich möcht ihr auf keinen Fall etwas anhängen.«
Vielleicht langweilte sie sich nur, vielleicht verbrachte ihre beste Freundin das Wochenende in einer aufregenden Stadt, während sie aus Ismaning nicht herauskam. Ihr Vater, den sie Daddy nannte, »musste an total zukunftswichtigen Sitzungen teilnehmen«, wie sie uns erklärt hatte. Er arbeitete als Programmleiter bei einem Privatsender. Und ihre Mutter, eine ebenfalls beim Fernsehen tätige Dramaturgin, quäle sich in ihrem Büro mit dem Umschreiben des Drehbuchs einer Autorin, die »totales Psychozeug« abgeliefert habe, was »für die Serie total daneben« sei. Um welche Serie es sich handelte, sagte Verona nicht, wahrscheinlich ging sie davon aus, dass wir Bescheid wussten. Als ich sie bat, mir die Telefonnummer des Büros ihrer Mutter zu geben, meinte sie, ihre Mum dürfe unter keinen Umständen gestört werden, beim Schreiben brauche sie »das totale Alleinsein«. Allerdings komme sie manchmal hoch, um sich eine frische Kanne grünen Tees zu holen. Erst jetzt begriff ich, dass sich Carolin Nickel im Keller des Einfamilienhauses an der Wasserturmstraße aufhielt. Falls uns die Befragung der Tochter nicht weiterbringen würde, nahm ich mir vor, ihre Mutter zu stören, mich aber sofort total dafür zu entschuldigen.
»Wenn du möchtest, behandeln wir deine Aussagen vertraulich, niemand muss was erfahren«, sagte Martin geduldig. Manchmal bewunderte ich ihn für seine wohl dosierte Gleichgültigkeit gegenüber Menschen, die

glaubten, wir würden nicht merken, wenn sie uns mit ihren Aussagen nur Zeit stahlen, die sie später im Freundeskreis als leichte Beamtenbeute präsentierten.
Aber Verona Nickel war fünfzehn und fast noch ein Kind und ich einfach nur missgestimmt und total ungerecht.
Martin war verstummt.
»Wie viel Geld bekommst du von Frau Halmar?«, sagte ich plötzlich.
»Shit!«, stieß sie hervor und hackte mit dem Zeigefinger auf die Tastatur.
Ich sagte: »Hast du dich verschrieben?«
»Ich?«, sagte sie. »Ja.« Sie sah mich vom Sofa aus an, unwesentlich irritiert, wie mir schien.
Ich schwieg.
Martin stand auf, legte Block und Kugelschreiber auf den Stuhl und verließ wortlos das Zimmer. Beim Gehen raschelte seine Daunenjacke. Verona drehte kurz den Kopf in seine Richtung. Ich hörte, wie er die Haustür öffnete.
»Zehn Euro die Stunde?«, sagte ich.
»Was?« Verona hatte aufgehört zu tippen. »Nein«, sagte sie schließlich. »Ich werd nicht nach Stunden bezahlt. Wieso ist das wichtig?«
»Wenn du für sie einkaufst, wie viel kriegst du dann dafür?«
»Unterschiedlich.« Verwirrt oder genervt nahm sie das Handy in die andere Hand, drückte eine Taste und legte es neben sich. Wie um Lässigkeit zu demonstrieren, verschränkte sie die Arme und wippte zweimal im Schnei-

dersitz auf und ab. Ihr Lächeln, zu dem sie ihre Lippen zwang, wirkte derart gekünstelt, dass mein Unmut sich augenblicklich in entspannte Neugier verwandelte.
»Es geht mich nichts an, wie viel Geld sie dir gibt«, sagte ich. »Mich interessieren deine Beobachtungen in der Wohnung.«
»Was für Beobachtungen?« Immer noch stand ich vor dem Fenster, im Rücken die unerschöpfliche Monotonie des Regens. Und allmählich kehrte ich in der Gegenwart dieses achten April ein wie in ein Gasthaus, das zu betreten ich mich bis jetzt geweigert hatte, weil es mir, dem unwirtlichen Wetter zum Trotz, genügte, durch die beschlagenen Fenster das Schauspiel der Akteure drinnen zu verfolgen. Nun wollte ich einer von ihnen sein.
Ich sagte: »Mit wem könnte sich Frau Halmar heimlich treffen, was meinst du, Verona?«
Für die Antwort benötigte sie ziemlich viel Zeit. Sie kratzte sich am Knie und verzog den Mund. »Kann ich nicht sagen.«
»Das ist alles nur eine Vermutung von dir.« Ich setzte mich Richtung Stuhl in Bewegung, die Hände hinter dem Rücken. Seit einigen Wochen spannte nicht nur der Bund an meinen vier Jeans, sondern auch der meiner schwarzen, an den Seiten geschnürten Lederhose, die ich im Dienst gewöhnlich zu einem weißen Baumwollhemd trug. Wenn ich an mir herunterschaute, senkte ich den Kopf jedes Mal absichtlich so tief, dass mir die Haare ins Gesicht fielen und mir den Blick versperrten. Bei einer Größe von einem Meter achtundsiebzig waren fast neun-

zig Kilo fern jedes Idealgewichts. Und nur wenn Sonja ihren Kopf auf meinen Bauch bettete, akzeptierte ich seine Existenz. Sämtliche Versuche, Diät zu halten, hatte mein Hunger spielend ignoriert. Und wer war ich, der Natur meines Hungers eine mentale Zwangsjacke überzustülpen?
»Ist ja noch nicht lang so«, sagte das Mädchen.
»Sie taucht erst seit kurzem unter?«
Diesmal formten ihre Lippen freiwillig ein Lächeln, und es verlieh ihrem blassen Gesicht einen Ausdruck kindlichen Übermuts.
»Ja, genau!« Sie wippte mit dem Oberkörper und lächelte weiter.
»Seit wann, Verona?«
»Seit ...« Sie biss sich auf die Unterlippe. »Ungefähr seit einem Monat. Oder zwei.«
»Und wie bist du draufgekommen?«
»Ich hab sie telefonieren sehen.«
»Unterwegs«, sagte ich.
»Am Bahnhof. Und dann ist sie in ein Taxi gestiegen und weggefahren.« Sie nahm das Mobiltelefon in die Hand, strich mit dem Daumen über das Display und legte es wieder hin.
»Was war dein erster Gedanke, als du sie am Bahnhof gesehen hast?«, sagte ich und stützte mich mit beiden Händen auf die Stuhllehne. Vermutlich hatte sich Martin noch zu einer zweiten Zigarette entschieden. Oder er kam absichtlich nicht zurück, weil er erwartete, ich würde mehr aus dem Mädchen herausbringen als er. Vielleicht

brauchte er auch die Luft und den Regen zum Niederringen seiner Müdigkeit und als Ablenkung von den gläsernen Kobolden, die, wie er sagte, manchmal in seinen Eingeweiden wüteten, jedes Jahr ein wenig mehr.
»Dass sie ein Geheimnis hat«, sagte Verona.
»Und warum hast du das meinem Kollegen nicht erzählt?«
Ein wenig erschrocken setzte sie ein Bein auf den Boden und rieb mit der Hand über den Oberschenkel. »Ist mir grade erst wieder eingefallen.« Dann fügte sie hinzu: »Entschuldigung.«
»Du langweilst dich«, sagte ich.
»Wieso?«
Sie streckte auch das andere Bein aus, lehnte sich zurück, beugte sich wieder vor und schlug die Beine übereinander. Es sah aus, als sitze sie plötzlich nicht mehr bequem oder als fühle sie sich unangenehm beobachtet.
Ich ließ sie nicht aus den Augen.
»Deine Freundin antwortet dir nicht«, sagte ich.
»Sie hätten ja sagen können, dass ich damit aufhören soll!« Ihre Erwiderung sollte trotzig wirken. Sie klang aber eher ungelenk.
»Außerdem ...«, sagte sie und blickte angestrengt zur Tür. »Ich langweil mich nicht, das ist interessant, mit Ihnen zu sprechen.«
»Ich meine nicht, dass du dich im Moment langweilst«, sagte ich. »Ich meine, im Allgemeinen langweilst du dich.«
Sie senkte den Kopf, hob ihn aber sofort wieder und

bemühte sich um einen stolzen Blick. Ich richtete mich auf.
»Sie sehen gar nicht aus wie ein Polizist«, sagte sie.
Ich sagte: »Das höre ich öfter.«
»Wenn meine Mum Sie sehen würd, würd sie bestimmt gleich was über Sie schreiben wollen.«
»Was denn?«
»Was?«
Im Flur schlug eine Tür. Verona zuckte zusammen. Kurz darauf erschien Martin im Türrahmen. Er trat nicht ins Zimmer.
»Bist du so weit?«, sagte er, ohne das Mädchen anzusehen. Sein bleiches Gesicht war nass vom Regen, auch seine Jacke, und ich hatte den Eindruck, er wankte.
»Noch nicht«, sagte ich.
Er stöhnte und wischte sich mit dem Handrücken über die Augen. Wenn ich nicht vom Gegenteil überzeugt gewesen wäre, hätte ich angenommen, er habe in der Zwischenzeit etwas getrunken. Dann dachte ich, vielleicht blieb er nicht wegen seiner nassen Kleidung im Flur, sondern weil er fürchtete, man könne seine Fahne riechen. Das war ein abwegiger Gedanke. Und ich sagte: »Du solltest mit der Mutter sprechen.«
»Gute Idee«, sagte er und war so rasch verschwunden, dass ich mich zwingen musste, nicht weiter darüber nachzudenken.
»Aber sie kennt Frau Halmar kaum«, sagte Verona.
»Hast du Frau Halmar nur das eine Mal am Bahnhof telefonieren sehen?«, sagte ich.

Während sie überlegte, verschränkte sie wieder die Arme, ließ sie sinken, verschränkte sie erneut und holte tief Luft.
»Du hast ihr hinterherspioniert«, sagte ich.
»Nein«, antwortete sie und schüttelte den Kopf.
»Die Geschichte mit dem Untertauchen hast du dir ausgedacht«, sagte ich. »Du hast dir ausgemalt, wie es wäre, wenn die alte Dame ein Doppelleben führen würde.«
Sie schürzte die Lippen und erwiderte nichts.
»Trotzdem glaube ich, dass du eine gute Zeugin bist.«
Sie legte den Kopf schief, sie traute mir nicht.
»Wie gut kennst du Konstantin Gabelsberger, Verona?«
Mit einem Satz sprang sie von der Couch und ging zum Tisch, auf dem eine Flasche Mineralwasser und ein Glas standen. Im Stehen wirkte das Mädchen noch dünner. Bei der Begrüßung waren mir als Erstes ihre eckigen Schultern und ihre hervorstehenden Wangenknochen aufgefallen. Gierig trank sie ein paar Schlucke, sah mich an und schenkte sich mit hektischen Bewegungen ein zweites und drittes Mal ein.
»Schmieriger Kerl«, sagte sie.
Als ich mich zu ihr umdrehte, hörte ich ihren Magen knurren.
»Sorry«, sagte sie.
»Ihr mögt euch beide nicht«, sagte ich.
»Wenn er nicht so ein alter Knacker wär, würd ich sagen, er ist hinter Frau Halmar her, der Typ. Widerlich ist der. Haben Sie gewusst, dass er vorbestraft ist?«
»Nein«, sagte ich.

»Wegen sexueller Belästigung«, sagte Verona. »Er ist in Wohnungen eingedrungen und hat Frauen angemacht. Er war Hausmeister und hatte einen Schlüssel zu allen Wohnungen. So einer ist das. Und jetzt ist er hinter dem Geld von Frau Halmar her.«
»Ist sie reich?«
»Ist doch egal, er ist trotzdem hinter ihrem Geld her.«
»Ich werde ihn fragen«, sagte ich.
»Wie meinen Sie das?«
»Seit einem Monat oder zwei hat sich etwas bei Frau Halmar verändert«, sagte ich. »Du hast dich bestimmt nicht getäuscht.«
Nach einem skeptischen Blick auf mich und einem fahrigen Griff zum Handtuch auf ihrem Kopf lehnte sie sich an die Tischkante. »Sie hat ihn sogar einmal weggeschickt, den Gabelsberger, er hat überhaupt nicht kapiert, was los ist. Er war total verdattert, der Depp. Als er weg war, hat sie zu mir gesagt, er tät ihr Leid, aber sie hätt jetzt so viele andere Dinge im Kopf.«
»Aus Höflichkeit hast du nicht gefragt, welche Dinge sie meint«, sagte ich.
»Nein. Aber ich weiß trotzdem was.«
Ich schwieg.
»Sie hat was geschrieben«, sagte Verona.
Ich schwieg.
»Sie bringen mich ganz draus«, sagte sie. Dann rieb sie die Knie aneinander und biss sich auf die Unterlippe. »Ich hab halt gesehen, wie sie einen Stapel Blätter in einer Mappe versteckt hat, als ich grade reinkam.«

»Du hast einen Schlüssel zu ihrer Wohnung.«
»Sie gibt ihn mir mit, wenn ich einkaufen geh, hinterher kriegt sie ihn wieder.«
»Wieso kaufst du eigentlich für sie ein?«, sagte ich.
»Wieso?«, sagte sie.
»Wieso?«, sagte ich.
»Sie stellen Fragen!«
»Eigentlich frage ich gar nicht gern.«
»Das merk ich!« Sie gönnte sich oder mir ein kurzes Lächeln. »Wir haben mal in der Schule einen Aufsatz schreiben müssen in Geschichte, über den Krieg und die Nachkriegszeit und wie wir uns das so vorstellen, und da sollten wir alte Leute dazu befragen. Ich hab halt Frau Halmar befragt, weil meine Mum sie von früher kennt.«
Ich schwieg.
Verona kratzte sich wie verlegen an der Hand. »Hab schon kapiert, Sie fragen nicht gern. Frau Halmar hat früher im Haushalt meiner Großeltern gearbeitet, die waren sehr krank, und Frau Halmar hat immer bei Leuten gearbeitet, als Hauswirtschafterin. Ich kenn sie, seit ich ein Kind war. Aber später hab ich sie nicht oft gesehen. Sie lebt sehr zurückgezogen. Und als ich bei ihr war wegen der Schule, hat sie mich gefragt, ob ich mir ein paar Euros verdienen will, und so geh ich seit einem Jahr einmal die Woche für sie zum Einkaufen. Sie braucht ja nicht viel. Sie könnt auch selber gehen.«
»Du gehst gern für sie einkaufen.«
»Klar.«

»Aber seit drei Wochen nicht mehr«, sagte ich.
»Nein.«
Auf der Couch gab das Handy einen melodischen Ton von sich. Verona machte einen Schritt vom Tisch weg und hielt abrupt inne.
»Geh hin«, sagte ich.
»Eilt nicht«, sagte sie.
»Ihr habt keinen festen Tag vereinbart, Frau Halmar und du«, sagte ich.
Sie schüttelte den Kopf. Das Handtuch löste sich, und sie nahm es ab. Sie hatte maisgelb gefärbte Haare.
»Sie ruft immer an«, sagte Verona. »Es ist schon vorgekommen, dass ich nur einmal im Monat einkaufen muss.«
»Du hast dich nicht bei ihr gemeldet.«
»Sie hat kein Telefon, ist Ihnen das nicht aufgefallen, als Sie bei ihr in der Wohnung waren?«
»Nein«, sagte ich. Mehr und mehr hatte ich den Verdacht, mir würde einiges im Zusammenhang mit der verschwundenen alten Frau nicht auffallen.
»Was, glaubst du, hat Frau Halmar geschrieben? Und warum hat sie es vor dir versteckt?«
»Sie können ja danach suchen«, sagte Verona.
Auf der Kellertreppe waren Schritte zu hören, dann tauchte Martin Heuer im Flur auf, mit schlurfendem Gang und vor Erschöpfung flatternden Lidern.
»Können wir los?«, sagte er.
»Hat meine Mum Sie also tatsächlich empfangen!« Verona griff nach der Plastikflasche mit Mineralwasser.
»Hat sie nicht«, sagte Martin. »Ich musste sie durch die

geschlossene Tür befragen. Ist deine Mutter noch ganz dicht?«

Erstaunt über diese heftige Bemerkung stellte Verona die Flasche wieder hin. Und ich gaffte die Stelle an, an der Martin gerade noch gestanden hatte. Durch die offene Haustür drang laut das Prasseln des Regens herein.

3 Die Dinge entwickelten sich außerhalb unseres Einflusses, vielleicht außerhalb unserer geschulten Wahrnehmung. Obwohl ich vom heutigen Standpunkt aus bekenne, dass ich in jenen Wochen und Monaten, in denen wir – Martin Heuer und ich und in gewisser Weise auch Sonja Feyerabend – uns auf die schlimmstmögliche Wendung unseres Lebens zubewegten, das Geschehen in meiner unmittelbaren Nähe für ebenso selbstverständlich wie veränderbar hielt.

Ich glaubte tatsächlich, worauf es ankäme, wäre ein wenig freie Zeit, ausschlafen, Spaziergänge im Englischen Garten oder an den idyllischen Osterseen südlich von München, Gelassenheit und Vertrauen in den Übermut des Frühlings. Unbewusst bastelte ich in meiner Vorstellung an einer heilenden Sonne, deren Kraft bis in das letzte Nachtloch reichte, in dem Martin unermüdlich nach Elektrizität für sein rostendes Herz suchte, allein, in der Obhut seines Schattens, oder an der Seite von Lilo oder einer anderen Priesterin der flüchtigen Erlösung.

So viele Jahre hatten wir schon überstanden, dieseits und jenseits der Leere, die uns gelegentlich überfiel, wenn wir im Dezernat wieder einmal nur unser Scheitern katalogisierten und einen Fall zu den Akten legten, bei dem wir ausgehöhlte Menschen in leeren Zimmern zurücklassen mussten, oder wenn wir an Hannis Tresen oder am Ufer der Isar unsere Einsamkeiten verglichen wie die Quartettkarten unserer Kindheit.

So viele Exzesse der Erstarrung und der Selbsterniedrigung und der Lächerlichkeit lagen hinter uns und waren vorbeigegangen und hatten uns in die gewöhnliche Nüchternheit unserer alltäglichen Gewohnheiten entlassen, dass ich neben Martin Heuer durch die Straßen Ismanings gehen konnte, ohne beim Gedanken an seinen unmöglichen Auftritt im Haus Nickel oder bei der Beobachtung seines abgehackten Gangs und seiner regenversiegelten Miene etwas Endgültiges, für den nächsten oder übernächsten Tag Bedrohliches zu erwarten.

Wenn wir wegen des Windes mit den Schirmen aneinander stießen, reagierten wir beide nicht. Ich kannte jede Strophe seiner Stummheit wie das Meer das Geheul eines grantigen Fisches. Und ich hoffte, bei den Befragungen, die uns an diesem Samstagnachmittag noch bevorstanden, würde er wieder vollkommen anwesend sein.

Aber das war er nicht.

Und er war es nicht mehr bis zum Ende der Suche nach Babette Halmar und darüber hinaus. Und ich glaubte einfach weiter daran. Als wäre ich ein Fundamentalist der Liebe.

Die meisten Läden hatten schon geschlossen, und dort, wo wir noch jemanden antrafen, erfuhren wir nichts über die alte Frau aus dem grünen Haus. Zeitweise hätten wir den Eindruck gewinnen können, Babette Halmar lebe überhaupt nicht in der Vierzehntausendeinwohnerstadt. Niemand kannte ihren Namen, die meisten Passanten und die Bewohner der neu gebauten, in frischen Farben gestrichenen Reihen- oder der schlichten, ordentlich herausgeputzten Zweifamilienhäuser erklärten, sie seien erst vor wenigen Jahren hergezogen und den ganzen Tag auswärts beschäftigt.

Nachdem wir zwei Stunden lang im strömenden Regen unterwegs gewesen waren, kehrten wir im »Gasthof Soller« gegenüber dem S-Bahnhof ein, einer altbayerischen Wirtschaft mit angegliedertem Hotelbetrieb. Frustriert von unseren erfolglosen Recherchen, beschlossen wir ein altes Spiel aufzufrischen, mit dem wir in unserer Anfangszeit als Kommissare die Vernehmungstechnik neu erfinden wollten, wovon unsere Vorgesetzten natürlich nichts erfahren durften.

Es war ein simples und ein wenig kindisches Spiel.

Als ich Sonja einmal davon erzählte, sah sie mich mit dem gleichen Ausdruck von Fassungslosigkeit an, wie sie Martin ansah, wenn er seinem Hobby nachging, dem Luftgitarrespielen.

Von unserer Ismaninger Neuaufnahme der Inszenierung würde ich ihr kein Wort sagen.

Während Martin im Windfang der Gaststätte verschwand, ging ich auf dem Bahnhofsplatz in einen griechischen Imbissladen und wäre beinah von einem wie aus dem Nichts auftauchenden Traktor überrollt worden, der in hohem Tempo an mir vorüberratterte. Wenn ich richtig gesehen hatte, telefonierte der Fahrer, über das Lenkrad gebeugt, mit einem Handy.

Beim Anblick der Vorspeisen in der Vitrine bekam ich

Hunger. Und ich dachte an das magere Mädchen in der Wasserturmstraße, das sich zwang, Wasser zu trinken, anstatt etwas zu essen, vielleicht um ihren Eltern zu beweisen, dass sie auch noch existierte, sogar am Wochenende.

»Ihr Espresso, bitte«, sagte der Grieche und reichte mir die Tasse über den Tresen. Ich stellte mich an einen der beiden Stehtische.

Am zweiten Tisch trank ein Mann Bier und rauchte. »Mir schwemmts den Keller weg, Niko«, sagte er und starrte in den Regen, der gegen die Scheiben schlug.

»Schlechte Stimmung«, sagte der Grieche. Er trug eine weiße Schürze und Plastikhandschuhe.

»Was ist mit schlechter Stimmung?«, sagte der Mann.

»Leute sind unfreundlich, reden nicht, verkriechen sich, sogar meine eigenen Leute.«

»Sind eben Griechen, die vergriechen sich!« Vielleicht grinste der Mann erst, wenn es dunkel wurde. Mienenlos trank er sein Glas leer. »Gib mir noch eins, Niko!«

Ich sagte: »Kennt einer von Ihnen Frau Halmar?«

Der Mann am Stehtisch schüttelte den Kopf. »Wer soll das sein?«

»Eine ältere Frau aus Ismaning, schlank, blauer Mantel, blauer Hut mit einer silbernen Nadel.« Das hatte uns Konstantin Gabelsberger erzählt.

»Nie gesehen«, sagte der Mann. Bevor er an den Tisch zurückkehrte, nahm er vor dem Tresen einen Schluck aus dem frischen Glas.

»Was ist mit der Frau?«, fragte Niko.

»Sie ist verschwunden«, sagte ich.
»Polizei?«
»Ja«, sagte ich.
»Ich kenn die Frau nicht«, betonte der Gast. Er drehte mir den Rücken zu und starrte wieder in den Regen.
»Frau Hambach«, sinnierte der Grieche. Er legte den Schafskäse, den er in schmale Portionen geschnitten hatte, beiseite, und zwei Stücke in eine Plastikschale mit Wasser.
»Halmar«, sagte ich. »Babette Halmar. Sie telefoniert manchmal hier am Bahnhof.«
»Ja!« Nikos Kopf tauchte zwischen den Flaschen und abgepackten Lebensmitteln auf. »Sie kommt oft, trinkt einen Tee und redet mit mir. Ja. Blauer Mantel, ich erinner mich genau. Nette Frau.«
»Haben Sie sie in letzter Zeit gesehen?«
»In letzter Zeit.« Er überlegte, die Hände auf ein Holzbrett gestützt. »Weiß nicht. Ungefähr vor einem Monat. Bin aber nicht sicher.«
»An den Wochentag können Sie sich nicht erinnern?«
»Hm.«
»Worüber sprechen Sie mit ihr?«, sagte ich.
»Nichts Besonderes. Alltag. Sie fragt mich, wie die Geschäfte gehen. Sie kommt oft. Ich wusste nicht, dass sie telefoniert. Hat sie kein Telefon zu Hause?«
»Nein.«
Der Mann am anderen Stehtisch drehte den Kopf zu mir.
»Das ist gescheit«, sagte er.
Ich sagte: »Haben Sie auch keins?«

»Ich schon«, sagte er.

»War die alte Dame mal mit einer grünen Reisetasche hier?«, fragte ich den Griechen.

Bevor er antwortete, streifte er die Plastikhandschuhe ab und brachte sie in den hinteren Raum, wo er sie über einen Wasserhahn hängte.

»Glaub schon«, sagte er auf dem Weg zurück zum Tresen.

»Möchten Sie noch einen Espresso?«

»Ja.«

»Ja«, sagte der Grieche und schlug den Chromfilter der Kaffeemaschine gegen den Rand des Mülleimers. »Neulich hatte sie eine grüne Tasche dabei, ganz sicher.«

»Wann war das?«

Er wartete, bis der Kaffee in die kleine Tasse gelaufen war, die er dann mir über den Tresen reichte.

»Danke.«

»Vor einem Monat ungefähr«, sagte der Grieche.

»An einem Samstag?«

»Möglich.«

»Danach war sie nicht mehr bei Ihnen.«

»Nein.«

»Sicher?«

»Glaub schon.«

Ich trank den lauwarmen Espresso und bezahlte.

»Wie heißt die Frau?« Der Mann stellte sein leeres Bierglas auf den Tresen.

»Babette Halmar«, sagte ich. »Sie wohnt Am Englischen Garten 1 in dem grünen Eckhaus.«

»Das kenn ich!« Er zeigte auf das Glas und nickte dem

Wirt zu. »Die Frau hab ich schon mal gesehen. Verschwunden ist die? Warum das?«
»Wir wissen es noch nicht.«
Als ich die Tür öffnen wollte, sagte der Grieche: »Da war jemand dabei, glaub ich, das letzte Mal. Sie hat mit jemand gesprochen, da draußen.«
Ich zog meinen kleinen karierten Spiralblock aus der Hemdtasche und machte mir Notizen. »Ein Mann?«
»Ja, so alt wie sie ungefähr. Jetzt fällts mir ein, sie hat ihren Tee getrunken, dann ist ihr Bekannter aufgetaucht.«
»Sie kannten sich«, sagte ich.
»Sie haben sich begrüßt wie Bekannte.«
»Wie?«
»Was?«, sagte der Grieche.
»Wie haben sie sich begrüßt? Mit Handschlag? Mit Küssen?«
Der Grieche goss sich Cola aus der Dose in ein Glas. »Weiß ich nicht mehr. Aber sie haben sich gekannt, ganz sicher. Sie haben auch miteinander geredet.«
»Hier drin?«
»Draußen. Ich hab nicht lang hingesehen. Die Frau ist dann zur S-Bahn runtergegangen.«
»Das haben Sie gesehen.«
»Sie ist in die Richtung gegangen.«
»Und der Mann?«
»Der ist in die andere Richtung gegangen. Glaub ich. Ich glaub, er ist noch stehen geblieben und hat gewartet.«
»Darauf, dass die Frau noch einmal zurückkommt«, sagte ich.

»Kann sein.«
»Und dann ging er weg.«
»Glaub schon.«
»Ging er gebückt?«, sagte ich. »Hatte er einen Bauch und ein breites Gesicht, graue Haare bis über die Ohren?«
Nach zwei Schlucken stellte Niko das Colaglas ab. »Kann ich Ihnen nicht sagen, kann aber sein. Ja, kann schon möglich sein.«
»Und Frau Halmar hatte eine grüne Reisetasche dabei«, sagte ich.
»Ganz sicher!«

»Möchten Sie auch was essen?«, fragte die Bedienung.
»Nein«, sagte ich.
Ich saß an der Schmalseite eines langen ungedeckten Tisches, den karierten Block und den Kugelschreiber und ein großes Glas Mineralwasser vor mir, mit verschränkten Armen.
Auf das Nicken des Mannes, der mir mit einer filterlosen Zigarette im Mundwinkel und einem fast leeren Bierglas auf der anderen Seite gegenübersaß, reagierte ich nicht. Stattdessen legte ich den Kopf in den Nacken und schloss die Augen.
»Seit wann kennen Sie Frau Halmar?«, hörte ich den Mann sagen, und ich öffnete die Augen.
Auf einen der freien Stühle hatte sich eine Frau Ende vierzig gesetzt. Wie alle Bedienungen trug sie eine weiße Bluse, eine schwarze Schürze und einen dunklen Rock. Sie hatte die Haare hochgesteckt und fuhr sich, vermut-

lich ohne es zu merken, immer wieder mit der flachen Hand über die Wange.
»Ja, lang«, sagte sie und nickte mir freundlich zu. »Sie hat ja bei meiner Tante früher im Haushalt gearbeitet. Die hat was geschafft, den lieben langen Tag, das sag ich Ihnen, die hat keine Zeit vertrödelt, die hat keine Kaffeepausen eingelegt. Wenn die morgens um acht gekommen ist, hat sie bis eins durchgeschuftet, dann hat sie eine halbe Stunde Pause gemacht, Tee getrunken und ein Brot oder eine Semmel gegessen, und die hat sie sich selber mitgebracht! Nicht, dass Sie denken, die hat sich im fremden Haushalt bedient! Nein, sie hat eine Thermoskanne dabei gehabt und eine Tupperware-Dose und Papierservietten zum Händeabputzen. Und dann gings weiter im Programm. Und mit Kindern konnt die umgehen! Wenn die ...«
»Wann war das?«, fragte Martin Heuer, warf mir einen unbeteiligten Blick zu und klopfte mit seinem Stift auf seinen Block.
»Sie ist ja längst in Rente, die Babett«, sagte die Bedienung und strich sich übers Gesicht. »Aber sie hat noch ausgeholfen, da war sie schon über sechzig. Wie alt ist sie jetzt?«
»Dreiundsiebzig.«
»Doch schon!« Sie schaute zum Tresen, hinter dem ihre Kollegin schmutzige Gläser abstellte. »Brauchst mich, Rosi?«
»Bleib du nur bei deinem Kriminaler«, sagte Rosi.
»Was ist mit der Frau Halmar?«, sagte ich.

»Kennen Sie sie?«, sagte Martin Heuer.
»Vom Sehen«, sagte ich.
»Sind Sie von hier?«, fragte die Bedienung an unserem Tisch.
»Ja«, sagte ich. »Aber ich wohne erst seit kurzem in Ismaning, ich bin viel unterwegs.«
»Sind Sie beim Fernsehen?«, sagte die Bedienung.
»Nein«, sagte ich. »Ich bin Beamter.«
»Hoffentlich nicht vom Finanzamt!«, sagte Rosi am Tresen.
»Nein«, sagte ich. »Ich kenne die Frau Halmar vom Einkaufen, ich wohne in ihrer Nähe.«
»Stellen Sie sich vor, sie soll verschwunden sein!«, sagte die Bedienung.
»Erinnerst dich, Anni?«, sagte Rosi. Sie hatte zwei Gläser Bier gezapft und stellte sie auf ein Tablett. »Der Quirin, dem Mühlbauer sein Sohn, der war auch verschwunden, vor einem Jahr, auf und davon! Siebzehn war der. Sein Vater wollt, dass er die Landwirtschaft übernimmt, aber er hat gesagt, das bringt nichts mehr, er wollt den Grund und Boden verkaufen, wegen dem Einzugsgebiet. Der sagt, in ein paar Jahren ist die Gegend erschöpft, dann siedeln sich die ganzen Medienhanseln und Computerleute woanders an. Aber jetzt ist hier noch Gold drin. Weißt noch, Anni? Das hat er dauernd gesagt: Da ist noch Gold drin hier in Ismaning. Und dann ist er weg.«
»Wo bleibt denns Bier, Rosi?«, rief ein Mann aus der Gaststube.
»Gleich!« Rosi machte einen Schritt auf uns zu und senk-

te die Stimme. »Der alte Mühlbauer, der hat seinen Sohn geprügelt noch mit sechzehn! Ist doch kein Wunder, dass der abhaut. Oder? Was sagen Sie als Kriminaler dazu? Wenn so einer wegläuft, da hab ich Verständnis, das kann ich nicht anders sagen. Mir hat der Quirin immer Leid getan.«

»Dir tut jeder Leid, der dir was vorjammert, Rosi«, sagte ihre Kollegin und zwinkerte Martin zu.

»In München haben sie ihn erwischt, er hat sich am Bahnhof rumgetrieben«, sagte Rosi und wandte sich zum Gehen. »Angeblich übernimmt er jetzt doch den Hof. Aber da ist das letzte Wort noch nicht gesprochen. Er war lang nicht mehr da, ist dir das aufgefallen, Anni?«

»Ich kenn den kaum.« Mit einer linkischen Geste griff sie nach Martins grüner Zigarettenpackung. »Dürft ich vielleicht eine haben? Ich rauch fast nicht mehr. Aber mein Vater hat immer Salem geraucht, und ich dann später auch. Die raucht fast niemand mehr.«

»Bitte nehmen Sie sich eine«, sagte Martin und zündete ein Streichholz an.

Anni inhalierte den Rauch und lächelte. »Die ziehen rein! Danke. Hoffentlich kommt der Chef nicht, der denkt dann gleich, ich mach schon wieder Pause.«

»Sie sind beschäftigt«, sagte Martin. »Sie befinden sich in einer polizeilichen Vernehmung.«

Beinah hätte ich lachen müssen, so gestelzt klang der Satz.

»Wann haben Sie die Frau Halmar zuletzt gesehen?« Martin sah mich an, ernst und polizeilich, und Anni war-

tete gespannt, die Hand mit der Zigarette an der Wange, auf meine Erwiderung.
»Schwer zu sagen«, sagte ich. »Vor einem Monat etwa.«
»Und wo?«
»Im Supermarkt.«
»Das war dann aber eine Ausnahme«, sagte Anni. »Soviel ich weiß, geht sie ganz selten im Supermarkt einkaufen.«
»Warum?«, sagte ich, als würde ich aus der Rolle fallen.
»In manchen Dingen ist die eigen, die Babett.« Anni, die, wie sie Martin beim Abschied zu Protokoll gab, Anita Muck hieß, zog an der Zigarette, atmete genüsslich aus und zeigte auf Martins Schreibblock. »Die hat allen Leuten, bei denen sie den Haushalt besorgte, eingetrichtert, sie sollen immer frische Waren kaufen, nichts Abgepacktes. Das war ihr Spleen. Da können Sie jeden fragen, der mit ihr zu tun gehabt hat, so war die. Und die hat sich bestimmt nicht geändert.« Sie wandte sich an mich. »Bestimmt hat sie nur Toilettenpapier oder so was gekauft. Hab ich Recht?«
Ich sagte: »Ich kann mich nicht mehr erinnern.«
»Sehr schade«, sagte Martin. Manchmal nahm er unser kleines Spiel sehr ernst.
»Haben Sie den Herrn Gabelsberger schon gefragt?«, sagte ich. »Das ist ein enger Freund von Frau Halmar.«
»Hören Sie mit dem auf!« Hastig drückte Anni die Kippe im Aschenbecher aus. »Der ist von niemand ein enger Freund, da können Sie jeden im Ort fragen. Höchstens von manchen Frauen war der ein enger Freund! Bis sie gemerkt haben, was das für einer ist!«

»Was ist das für einer?«, sagte ich.
»Ein ganz Schmieriger. Früher ist der auch bei uns verkehrt, aber als er die Evi angemacht hat, hat der Chef ihn rausgeschmissen. Da täuschen Sie sich aber! Mit der Babett ist der bestimmt nicht befreundet.«
»Ich habe die beiden zusammen gesehen.«
»Das war bestimmt ein Zufall!«
Sie griff sich an die Wange und stand auf.
»Ich müsst jetzt drüben eindecken fürs Abendessen, wir haben eine kleine Gesellschaft heut. Brauchen Sie mich noch?«
»Ich möchte dann zahlen«, sagte ich.

Den anthrazitfarbenen Opel hatten wir am Nordeingang des S-Bahnhofs abgestellt, und ich telefonierte gerade mit meiner Kollegin Freya Epp, als Martin die Tür aufriss und sich hinters Lenkrad setzte.
»Sie überprüft die Vorwürfe gegen Gabelsberger«, sagte ich, nachdem ich den Hörer des Autotelefons aufgelegt hatte. »Von den rumänischen Mädchen gibt es immer noch keine Spur.«
Martin hustete und lehnte sich zurück und blickte in den Rückspiegel. Wie meist saß ich auf der Rückbank in der Ecke hinter dem Beifahrersitz.
»Er hat uns verschwiegen, dass er Babette Halmar am Bahnhof getroffen hat«, sagte ich. »An dem Tag, an dem sie mit der grünen Tasche weggefahren ist. Es gibt einen Zeugen.«
»Okay«, sagte Martin.

»Ich schlage vor, wir warten ab, bis das Foto erschienen ist.«
»Okay.«
Er war müde und angetrunken und roch nach Rauch und Kneipe, und unser Spiel kam mir jetzt lächerlich und über die Maßen sinnlos vor. Und ich sehnte mich nach den Stunden der Unverlorenheit in Sonjas Nähe.
In der Nacht zum Sonntag jedoch passierte etwas zwischen ihr und mir, dessen Bedeutung uns erst viel später klar werden sollte. So ähnlich, wie wir die Wirkung des Fotos, das die örtlichen Zeitungen von Babette Halmar abgedruckt hatten, erst mit Verzögerung begriffen.
Am Montag, dem zehnten April, klingelte gegen halb neun Uhr morgens das Telefon auf meinem Schreibtisch. Die Anruferin sagte: »Mein Name ist Amalie Bregenz, sind Sie für die verschwundene Rentnerin zuständig?«
»Ja.«
»Da muss ein Irrtum vorliegen«, sagte die Frau am Telefon. »Auf dem Bild ist meine Schwester, und die ist seit dem Krieg tot.«

4

Sie führte uns in ein kleines, mit dunklen, sperrigen Möbeln voll gestopftes Zimmer – antiker Sekretär mit Kerzenhalter, intarsienverzierte Schränkchen, rechteckiger Teakholztisch, vier Stühle mit hohen Lehnen, grau gestrichene Gebetsbank, zwei ausladende Sessel mit Samtbezug, braunes Sofa, darauf eine Wolldecke, Seemannstruhe, zwei Kästchen mit silbernen Klappgriffen – und schob einen Klavierstuhl mit geschwungener Lehne zur Seite.
Durch ein schmales Fenster, vor dem alte Zeitschriften gestapelt waren, fiel Licht, ohne den Raum zu erhellen.
»Bitte nehmen Sie Platz«, sagte Amalie Bregenz und deutete auf das Sofa.
»Ich stehe lieber«, sagte ich.
»Sie auch? Ich auch!« Auf ihren schmalen, dezent geschminkten Lippen kräuselte sich ein Lächeln. »Dann wenigstens Sie, bitte.«
»Danke«, sagte Sonja Feyerabend und machte ein erstauntes Gesicht, weil sie weniger tief als erwartet in das Polster sank.
»Wir haben die Sachen kaum benutzt.« Die alte Frau warf einen kurzen Blick in den Wohnungsflur, bevor sie die Tür schloss. »Ein paar stammen noch von meiner Mutter, der Klavierstuhl, die Truhe. Früher hatten wir die Möbel überall verteilt, aber mein Mann verträgt die Enge nicht mehr. Er sagt, er muss einen offenen Blick haben, sonst erblindet er noch ganz. Manchmal spinnt er ein bisschen.

Heut braucht er aber wirklich seine Ruhe. Ich hoff, Sie kriegen keine Klaustrophobie hier drin.«
»Nein«, sagte Sonja.
Ich blieb nah bei der Tür.
Beim Hereinkommen hatte uns Amalie Bregenz darauf hingewiesen, dass es ihr lieber sei, wenn man sie Emmi nenne, und sie entschuldigte sich dafür, dass sie uns nicht im Wohnzimmer empfangen könne. Nach einer Nacht, in der er nur gehustet und sich mehrmals übergeben habe, entspanne sich ihr Mann Max nun auf der Couch vor dem Fernseher und bitte darum, von niemandem gestört zu werden, auch nicht von der Polizei, wie er ausdrücklich betont habe.
»Manchmal spinnt er ein wenig«, sagte seine Frau da zum ersten Mal. »Nehmen Sies nicht persönlich, bitte.«
Emmi Bregenz war etwa so groß wie ich, hatte breite Hüften, kräftige Hände und Arme, ihre schwarzgrauen Haare waren geflochten und zu einem Dutt gesteckt. Ihre großen dunklen Augen lagen fast verborgen hinter fülligen Wangen und unter ungewöhnlich buschigen Brauen.
»Da bin ich ganz schön erschrocken«, sagte sie und betrachtete das Foto in der zusammengefalteten Zeitung, die sie schon in der Hand gehalten hatte, als sie uns die Tür öffnete. »Diese Frau ...« Ungläubig schüttelte sie den Kopf. »... Ich hab sofort gedacht, das ist die Ruth! Wie aus dem Gesicht geschnitten! Sie lachen mich wahrscheinlich aus, weil das ja gar nicht geht. Aber ich hab zu meinem Mann gesagt, das könnt sie sein. Aber dass Sie extra deswegen hergekommen sind ...«

»Sie haben Ihre Schwester vor sechzig Jahren zum letzten Mal gesehen«, sagte Sonja Feyerabend. »Damals waren Sie beide junge Mädchen, keine fünfzehn Jahre alt.«

»Freilich!« Kopfschüttelnd ließ sie sich auf den knarzenden Klavierstuhl nieder. Sie passte knapp in die Rundung vor der gebogenen Lehne, die ihre Hüften eng umspannte.

Was uns bei der Begrüßung sofort aufgefallen war und worüber wir uns mit einem schnellen Blick verständigt hatten, war die Ähnlichkeit der Augen und der breiten Nase von Emmi Bregenz mit denen von Babette Halmar und vor allem der Ausdruck von Verschmitztheit um den Mund.

»Wie ist Ihre Schwester Babette gestorben?« Sonja strich ihren schwarzen Wollmantel glatt und ruckte ein paar Mal auf dem Sofa, bis sie ruhig saß. Wenn es nach mir gegangen wäre, hätten wir erst über andere Dinge gesprochen, vielleicht über diese Wohnung im Stadtteil Lehel, in einem Haus aus der Jahrhundertwende, über Emmis Ehemann Max, über ihre Kindheit mit ihrer zwei Jahre älteren Schwester, vielleicht über dieses Zimmer, das gleichzeitig einer Rumpelkammer und einem Separee glich. Aber es gehörte zu Sonjas professioneller Disziplin, Vernehmungen so knapp wie möglich zu halten und jeden Anflug von Zeitdiebstahl im Keim zu ersticken. Darin kannte sie keine Gnade.

Dann musste ich an unser Zusammensein in der vorletzten Nacht denken. Und das wollte ich nicht. Ich wollte nicht, weil mich die Ahnung, die sofort einsetzte, aus der Gegenwart vertrieb.

»Wie meine Schwester gestorben ist«, sagte Emmi Bregenz, »das weiß ich nicht, Frau Feyerabend. Übrigens heißt sie nicht Babette.«
»Bitte?«, sagte Sonja.
»Ihr Name ist Ruth. Ruth Kron. Kron ist mein Mädchenname.«
»Dann täuschen wir uns womöglich alle«, sagte Sonja.
Wir schwiegen.
Nachdem sie sich auf dem Stuhl nach rechts und links gedreht hatte, jedes Mal nur eine Hand breit, die Augen starr auf ein Regal hinter Sonja gerichtet, auf dem vergilbte Bücher mit dicken faserigen Einbänden standen, streckte Emmi Bregenz den Oberkörper, und ihre Hüften schienen die Lehne zu sprengen. Der Stuhl knarzte wieder.
»Meine Schwester und ich ...«, sagte sie. Und je länger sie sprach, desto dunkler und wacher wirkten ihre Augen, und ihre Wangen nahmen eine rosige Farbe an. »Wir haben uns eigentlich immer nur gestritten. Nicht gehänselt. Dass man mal neidisch ist oder was haben will, was die andere hat, oder beleidigt ist, weil die Mutter zu einem ungerecht gewesen ist und zur Schwester gerecht, in den eigenen Augen. Nein, wir haben uns richtig geprügelt. Wie die Buben.«
Ihr Schmunzeln hätte sie sich von dem Foto in der Zeitung abgeschaut haben können.
»Das ging so weit, dass wir uns gegenseitig in die Isar geschmissen haben. Stellen Sie sich das vor! Das war ja lebensgefährlich!«

Sie stützte die Arme auf der Lehne ab, ruckelte hin und her und legte die Hände dann in den Schoß. Das Ausharren auf dem für ihre Figur ungünstig konstruierten Stuhl bereitete ihr Unbehagen. Doch vermutlich war sie zu höflich, um sich ebenfalls aufs Sofa zu setzen. Ihr blaues Hauskleid zerknitterte mehr und mehr.

»Einmal kam die Feuerwehr und fischte Ruth aus dem Wasser. Sie konnte gut schwimmen, aber wenn Hochwasser ist, wenns in den Bergen taut und die Massen ins Tal strömen, dann wird man weggeschwemmt wie nichts. Sie hat Glück gehabt, sie hat sich an einem Ast festklammern können, und der Ast ist nicht abgebrochen. Sie hing da ungefähr eine Stunde. Am Ufer standen die Schaulustigen, das kann man sich vorstellen, die haben die Feuerwehrleute angefeuert. Und ich hab nur gezittert. Ich weiß noch, ich war ganz nah am Wasser und hab immer nur zur Ruth hingeschaut. Sie war nicht weit weg, vielleicht zehn Meter. Hing an dem Ast wie ein Äffchen. Wie ein blondes Äffchen. Das war das Schlimmste: Wenn sie losgelassen hätte, wär sie ertrunken, ganz bestimmt, sie hat ja keine Kraft mehr gehabt. Nach einer Stunde fast! Ich entsinn mich, ich hab gedacht, wenn sie ertrinkt, schlägt mich die Mutter tot. Der Vater war im Krieg. Zum Glück. Er war noch strenger als die Mutter. Das war der schlimmste Tag meiner Kindheit und Jugend. Viel schlimmer als die Bombenangriffe, wenn wir in den Keller mussten. Schlimmer eigentlich auch als der Tag, an dem meine Mutter und ich uns sicher waren, dass Ruth für immer verschwunden bleiben würde. Seltsam, dass ...«

Mitten im Satz verstummte sie. Ihr dunkler Blick irrte zum Regal hinter Sonja, blieb dort und sprang, mit einem – wenn ich mich nicht täuschte – neuen, listigen Funkeln wieder zu mir.
»Zwei Wochen Hausarrest! Für uns beide. Da war unsere Mutter gerecht.«
Sie sah Sonja an und ruckte gedankenversunken mit dem Stuhl.
»Und am liebsten zogen wir uns an den Haaren. Das war kein Spiel mehr. Wer als Erste anfing zu heulen, hatte verloren. Ich hab praktisch nie verloren. Dass ich mich jetzt ausgerechnet daran erinner!« Nach einer Pause sagte sie: »Das war, wie meine Enkelin sich ausdrücken würde, mega-brutal. Wo wir das herhatten! Es kommt mir vor, als hätten wir uns schon als Babys an den Haaren gezogen, immer schon. Als wollten wir uns gegenseitig skalpieren. Sie haben keine Vorstellung, wie das ausgesehen hat. Manchmal hatten wir hinterher ganze Büschel in der Hand.«
Sie schaute ihre Hand an, während sie den Faden wieder aufnahm.
»Ruth hatte eher blonde Haare, ich eher dunkle. Sie war hübscher als ich, eindeutig, die Buben lauerten eher ihr auf als mir. Aber ich hatte auch Verehrer! Die meisten waren älter als ich.«
Wie aus Versehen huschte ein Lächeln über ihren Mund.
»Das war aber, glaub ich, nicht der Grund, weshalb wir aufeinander losgegangen sind. Wie gesagt, das war kein Spiel mehr. Und wenn, dann ein seltsames. Unsere Mutter

tadelte uns dafür und nannte uns die dümmsten Gören vom Lehel. Sie hatte übrigens rote Haare, leuchtend rot. Während des Krieges hat sie sie gefärbt, ich glaub, sie hat gedacht, wir merken das nicht. Weil, sie hat dauernd ein Kopftuch getragen. Auch noch, als der Krieg vorbei war.«
Unvermittelt wandte sie mir den Kopf zu.
»Wie alt sind Sie, wenn ich fragen darf?«
Ich sagte: »Vierundvierzig.«
»Und Sie?«, sagte sie zu Sonja.
»Einundvierzig.«
»Da war alles längst vorbei, als Sie geboren wurden. Einundvierzig. So alt war meine Mutter, als sie starb. Und ich wurde einen Tag später achtzehn. Da hab ich schon im Krankenhaus gearbeitet, das war eine gute Arbeit. Ist lang her.«
Plötzlich erinnerte sie sich an die Zeitung, die sie mit beiden Händen im Schoß hielt. Sie senkte den Kopf, hob die Zeitung hoch und konzentrierte sich auf das Foto.
»Wenn ich nicht sicher wär, dass sie tot ist ... Wer ist die Frau?«
»Steht drunter«, sagte Sonja. »Ihr Name ist Babette Halmar, sie wohnt in Ismaning, eine ehemalige Haushälterin.«
»Freilich«, sagte Emmi Bregenz. »Entschuldigung. Ich war jetzt so in Gedanken. Babette Halmar. Das war wirklich ein Schock heut in der Früh, ein Mega-Schock, wenn ich ehrlich bin.«
»Hatte Ihre Schwester am Kinn oder an einer anderen Stelle eine Narbe?«, fragte Sonja.

»Sie war eine Wilde«, sagte Emmi Bregenz mit verschlossener Miene. »Aber ich seh da keine Narbe, Sie etwa?«
Durch den Zeitungsdruck hatten sich die Kontraste noch mehr verwischt. Trotzdem hätte man die Narbe erkennen können. Wenn man wollte.
Um Emmi abzulenken, sagte ich: »Wann ist Ihre Schwester verschwunden?«
Seit ich mich in diesem Zimmer befand, hatte ich mich nicht von der Stelle gerührt. Und mich irritierte etwas, von dem ich gespannt war, ob Sonja es ebenfalls bemerkte.
»Ende vierundvierzig«, sagte die Frau in dem blauen knitterigen Kleid, holte tief Luft und legte die Zeitung neben sich auf den Sekretär. Dann strich sie mit einer Hand über die ausgestreckten Finger der anderen und schaukelte mit den Hüften. »Als der Alarm losging, war sie draußen, um Brot und Käse zu holen. Bei den Hufschmieds. Die hatten immer Reserven, das waren gute Bekannte von uns. Die wohnten drüben in der Altstadt, die war ja fast völlig ausgebrannt nach dem großen Bombenangriff im April mit den vierhundert Fliegern. Ruth fuhr mit dem Fahrrad, meine Mutter schickte immer nur sie los, weil sie die Ältere war. Und sie war mutig. Viel mutiger als ich. Ich hab mich schnell erschrocken. Heut noch. Zum Beispiel, wenn der Wind weht, und ein Fenster steht halb offen oder eine Tür, und es gibt Geräusche. Da zuck ich zusammen und erschreck bis kurz vor dem Herzkasperl. Wenn in den Ruinen Steine verrutscht sind, das ist ja dauernd passiert, dann bin ich weggerannt

vor Schrecken. Die Ruth war da ganz anders. Die Ruth hat Mut, hat meine Mutter gesagt. Die Ruth hat Mut, und das hat gestimmt. Einmal hat sie in stockdunkler Nacht auf der Straße ein Kind schreien hören, da ist sie rausgelaufen, raus aus der Wohnung und hat es gesucht. Ganz allein. Niemand war unterwegs. War ja mitten im Krieg. Sie hat so lange in den dunkelsten Ecken nachgeschaut, bis sie das heulende Elend entdeckt hat. Es war ein Mädchen, weiß ich noch, drei Jahre alt oder vier, mit einem alten Mantel und barfuß mitten in der Nacht. Die Ruth hat Mut.«

Sie blinzelte stumm, nichts weiter.

»Wir mussten in den Keller, und am nächsten Morgen, einen Tag vor Neujahr, war sie immer noch nicht da. Wie sich rausstellte, ist der ganze Block eingestürzt, in sich zusammengefallen. Da war kein Angriff, verstehen Sie? Es gab nur Alarm, sonst nichts. Ausnahmsweise. Es hieß, Gas wär explodiert. Die Leichen der Hufschmieds hat man gefunden, aber hundert andere nicht. Das war ein großer Block. Sie waren wohl im Keller, und trotzdem. Niemand hat Ruth gesehen. Einer hat sich erinnert, dass sie da war, aber wie lang? Wie lang? Viele tausend Menschen sind seinerzeit vermisst worden, die sind nie mehr aufgetaucht, die blieben unter den Trümmern begraben. Zur Mutter hab ich gesagt, bestimmt kommt die Ruth wieder, die hat sich nur wo versteckt, die ist stark, die taucht wieder auf, die Ruth hat Mut, das weiß doch jeder. Sie ist nicht wiedergekommen. Wie unser Vater. Der blieb draußen im Krieg. Er war in Frankreich zuletzt.

Auch ihn haben wir nicht beerdigt. Meine Mutter liegt auf dem Waldfriedhof, da komm ich auch mal hin, und mein Mann.«

Mit einem Seufzen erhob sie sich, indem sie umständlich die Hände auf die Lehne stützte und sich nach vorn beugte.

»Würden Sie uns bitte noch eine Frage beantworten?«, sagte Sonja Feyerabend.

Ich machte einen Schritt ins Zimmer, um mich aus der Starrheit zu lösen.

»Freilich«, sagte Emmi Bregenz. »Möchten Sie einen Kaffee? Ich brauch jetzt einen.«

»Nein, danke«, sagte Sonja.

»Ich würde gern einen trinken«, sagte ich.

Sonja stand auf und strich im selben Moment ihren Mantel glatt wie die alte Frau ihr Kleid. »Hätte es einen Grund für Ihre Schwester geben können, absichtlich zu verschwinden? Oder haben Sie mal daran gedacht, dass sie entführt worden sein könnte? Dass also etwas passiert ist, was nicht direkt mit dem Krieg und den aktuellen Umständen zu tun hatte?«

Vielleicht mischte sich die verspielte Spottlust einer alten, erfahrungsgesättigten Frau angesichts einer jüngeren, dienstbeflissenen Beamtin in den schelmischen Blick von Emmi Bregenz.

»Ach was! Wenn sie entführt worden ist, dann vom Schlafgott, der sie in eine bessere Welt mitgenommen hat. Als Kind hab ich fest daran geglaubt. Und meine Mutter auch. So haben wir das damals auch den ameri-

kanischen Polizisten erklärt, und die haben uns geglaubt.«
»Wer ist der Schlafgott?«, sagte Sonja, ohne auf den Blick der alten Dame zu reagieren.
»Kommen Sie in die Küche, bitte.« Emmi Bregenz ging vor uns her durch den Flur.
Es roch nach heißem Öl, Zwiebeln und Knoblauch.
»Der spinnt!«, sagte Emmi und riss die Küchentür auf. »Was tustn du da? Ja, drehst jetzt durch?«
Am Herd stand ein dürrer alter Mann in einer beigen Trainingshose, einem braunen Rollkragenpullover und grauen Socken. Er hatte eingefallene Wangen, war kahlköpfig und rührte in einer Pfanne.
»Gesund«, sagte er, ohne aufzuschauen. Wie mechanisch steuerte seine Hand den roten Kochlöffel durch einen Wust aus klein geschnittenen Knollen.
»Was soll das werden?« Mit ihrer massigen Gestalt verdeckte Emmi Bregenz ihren schmächtigen Mann vollständig.
»Ich mach mir ein Brot damit«, sagte er mit farbloser Stimme.
»Und dann hockst du drei Stunden aufm Klo!«
»Ich ess jetzt.«
»Du gehst jetzt da weg, und ich mach Kaffee. Und begrüß endlich unsere Gäste, die Polizisten.«
»Grüß Gott«, sagte er, dem Rühren hingegeben.
»Keine Umstände«, sagte ich. »Sagen Sie uns nur noch, was es mit dem Schlafgott auf sich hat.«
»Mit wem?«, sagte Max Bregenz.

»Manchmal spinnt er!« Emmi drehte sich zu uns um. »Das ist aus einem Andersen-Märchen. Die hat die Ruth schon als Kind verschlungen. Gelesen hat sie nicht so gern, ich musst ihr vorlesen, sie hat sich jedes Wort gemerkt. Die Andersen-Märchen waren ihr die liebsten.« Den Kopf halb ihrem Mann zugewandt, sagte sie: »Wir haben viel über die Ruth gesprochen, und wie sie nicht nach Hause gekommen ist. Das Foto hat mich ganz durcheinander gebracht! Jetzt hab ich die Zeitung drüben vergessen.«
»Ich hol sie Ihnen«, sagte Sonja.
»Nein, die kommt da nicht weg. Sie haben Recht, Frau Feyerabend, wir haben uns getäuscht, die arme Frau hat halt eine Ähnlichkeit mit der Ruth. Obwohl wir das gar nicht wissen können. War nur so eine Vorstellung. Gell, Max?«
Der alte Mann klopfte mit dem Kochlöffel auf den Pfannenrand und nickte zufrieden.
»Wir danken Ihnen für Ihre Zeit«, sagte ich.
Max fuchtelte mit dem Kochlöffel nah an Emmis Kopf. »Habt ihr über den Schmarrn-Beni auch gesprochen?«
»Pass doch auf!« Sie riss ihm den Löffel aus der Hand und warf diesen in die Spüle, in der sich Teller stapelten.
Ich sagte: »Wer ist der Schmarrn-Beni?«
»Den können Sie vergessen«, sagte Emmi und schob, wie selbstverständlich, ihren Mann zum Tisch. Max ging in die Hocke, und Emmi legte ihre breite Hand auf seine knochige Schulter und drückte ihn auf den Stuhl. Er brummte, und es hörte sich nicht unglücklich an. An-

schließend schaltete sie die Herdplatte aus und stellte die Pfanne auf ein rundes Brett.

»Die andern Buben haben ihn früher so genannt, weil er immer Unfug im Kopf gehabt hat. In Wahrheit heißt er Gabriel. Jetzt hab ich seinen Nachnamen vergessen! Der wohnte bei uns in der Gegend. Ruth hat ihn auch gekannt, er hat oft bei uns ...«

»Sebald«, sagte Max Bregenz über den Tisch gebeugt. Auf der Platte lag eine weißblau karierte Decke.

»Sebald, genau«, sagte Emmi. »Weshalb hätten wir über den sprechen sollen? Von dem hab ich ewig nichts mehr gehört. Viele von früher sind schon gestorben. Die meisten. Und wir haben kaum noch zu jemand Kontakt. Wir sind ganz zufrieden mit uns. Gell, Max?«

Er nickte dem Tisch zu.

Bevor das Schweigen überhand nahm, verabschiedeten wir uns. Den Namen des ehemaligen Freundes hatte ich in meinem kleinen Block notiert.

Ausnahmsweise regnete es nicht.

»Ist dir das blaue Kleid aufgefallen?«, sagte ich.

Wir ließen das 1901 erbaute vierstöckige Haus mit der runden Uhr am Giebel hinter uns und gingen durch die Adelgundenstraße auf ein im Bürklein-Stil errichtetes Gebäude zu, in dem die Regierung von Oberbayern untergebracht war.

»Was ist mit dem Kleid?«, sagte Sonja.

»Die Farbe hat mich an das Blau erinnert, mit dem die Nachbarn den Mantel und den Hut von Babette Halmar beschrieben haben.«

Sonja erwiderte nichts. Nach einer Weile sagte sie: »Hatten wir neulich nicht eine Vermissung von einem Gabriel Sebald?«
Ich sagte: »Dem Schmarrn-Beni?«
Wir schwiegen.
Kurz vor der Maximilianstraße sagte Sonja: »Ich kenn nur einen Schmarrn-Beni.«
Der, den sie meinte, hatte an diesem Montag frei, und ich wusste, er verbrachte den Tag in der Unfreiheit seiner Trunksucht.
Von der Haltestelle Maxmonument fuhren wir mit der Straßenbahn bis zum Hauptbahnhof. Gegenüber dem Südeingang befand sich in einem hässlichen Sechzigerjahrebau mit trostloser Fensterfront das Dezernat 11. Auf das Foto in der Zeitung hin hatten sich mittlerweile zwei Dutzend Anrufer gemeldet, die meisten aus Ismaning, keiner von ihnen lieferte uns jedoch konkrete Hinweise auf den Aufenthaltsort der alten Frau.
Stattdessen diskutierten wir in der nächsten Dienstbesprechung eine eigentümliche Koinzidenz, die bei meinen Kollegen und mir zunehmend Unbehagen auslöste.

Obwohl wir mehrere Vermissungen gleichzeitig zu bearbeiten hatten – allein der Fall der rumänischen Kinder und des Ehepaars beschäftigte fünf unserer dreizehn Kriminalisten, zudem waren zwei Kollegen am Morgen in die Türkei geflogen, um die Aussagen des Zeugen im Zusammenhang mit der seit einem Jahr abgängigen Achtjährigen zu überprüfen –, konzentrierten wir uns zunächst ausschließlich auf die Akte Halmar. Und auf die Daten eines Rentners, die aus dem INPOL-System bereits gelöscht waren, nachdem das Bundeskriminalamt bei der Abgleichung mit seiner VERMI/UTOT-Datei keine Übereinstimmungen festgestellt hatte. Wie immer, wenn jemand eine Person als vermisst melden wollte, hatten wir im Fall des Rentners vorab klären müssen, ob überhaupt – wie es in der PDV, unserer Dienstvorschrift, hieß – eine Gefahr für Leben oder körperliche Unversehrtheit bestand oder ein Selbstmord, ein Unglücksfall oder eine Straftat zu befürchten waren. Falls nicht, blieb uns und den Angehörigen nur das Warten.

Das im Grundgesetz verankerte Recht auf freie Entfaltung der Persönlichkeit erlaubt es jedem Bürger, vom achtzehnten Lebensjahr an den Weg zu beschreiten, den er für richtig hält, ganz gleich, ob seine Verwandten und Freunde darüber verzweifeln. Natürlich darf nach den Regeln der Verfassung derjenige, der beschließt, sein gewohntes Lebensumfeld zu verlassen, dadurch nicht die Rechte anderer verletzen und »gegen die verfassungsmäßige Ordnung und das Sittengesetz« verstoßen. Doch schon bei der Auslegung der »Rechte anderer« klafften unsere Einschätzung als Polizisten und die der Angehörigen oft weit auseinander.

Waren wir verpflichtet, einen Ehemann, der sich bei Nacht und Nebel aus dem Staub machte und seine Familie mehr oder weniger mittellos zurückließ, zu suchen und zurückzubringen? Mussten wir nach einem Neunzehnjährigen fahnden, der aus seinem Elternhaus verschwand, das er in einem Abschiedsbrief als unerträglich erdrückend empfunden hatte?

Falls wir eine Gefahr für Leib und Leben ausschließen konnten, lautete die Antwort eindeutig Nein – meist unverständlich für die Betroffenen auf der anderen Seite meines Schreibtisches. Manchmal – und nicht einmal so selten – nahmen wir die Anzeige trotzdem auf, leiteten die Daten ans LKA weiter, von wo aus sie automatisch mit den Verzeichnissen von Vermissten und unbekannten Toten im BKA-Computer vernetzt wurden. Am Ende gelang es uns vielleicht, den Verschwundenen zu finden. Aber wenn er uns verbot, seinen Aufenthaltsort zu nennen, mussten wir uns daran halten. Und das taten wir auch, trotz der zu erwartenden Reaktionen aus Fassungslosigkeit oder Niedergeschlagenheit. Um Stimmenersatz für entleerte Zimmer zu liefern, reichten unsere Befugnisse nicht.

Was mich betraf, so verharrte ich – entgegen der Anweisungen meines Vorgesetzten und der Bestimmungen der PDV – oft genug und weit über die Zeit hinaus auf der Schwelle, von Klagen überschwemmt oder gefesselt von der Stummheit eines Menschen, dessen bisheriges Leben aus Beton bestanden hatte und der erst durch die Abwesenheit eines anderen begriff, dass Krokusse nicht vom Himmel fielen, sondern den Glauben eines Gärtners ans Frühjahr belohnten. Ich stand da und schwieg oder sagte etwas gegen den Hagel der Selbstbezichtigungen, und wenn ich wegging, schloss sich meist die Tür hinter mir, und ich wandte mich nicht um.

So verbrachte ich zwölf Jahre auf der Vermisstenstelle des Dezernats 11.

Und auch als sich diese Zeit dem Ende zuneigte, nach knapp zwanzigtausend Vermissungen, setzten mich oft Fälle in Erstaunen, von denen ich gedacht hatte, sie seien ohne größere Umschweife zu klären. Noch heute, mit einigem Abstand von meiner Funktion als Hauptkommissar, begreife ich kaum, wie ich in jener Zeit, als der Fall Halmar sich ereignete, glauben konnte, es würde Tag werden, wenn es dämmerte. Dabei begann gerade erst die Nacht, und ich schaute hin und sah nichts.

»Dass du das nicht sofort gemerkt hast, wundert mich«, sagte Volker Thon, der Leiter der Vermisstenstelle.

Zu fünft saßen wir in Thons Zimmer im ersten Stock, vor uns auf dem runden Tisch unter der Fensterfront Blocks und Kaffeetassen, und reichten ein DIN-A4-Blatt von Hand zu Hand. Darauf hatte ich Angaben zur Person eines zweiundsiebzigjährigen Mannes vermerkt, der am vorletzten Märzwochenende von seiner Frau als vermisst gemeldet worden war. Ich hatte sofort eine Fahndung eingeleitet, da ich nicht nur eine Gefahr für Leib und Leben vermutete – der Mann litt an einem schon einmal operierten Magentumor und einem schweren Herzklappenfehler, was dazu führte, dass er manchmal stürzte und minutenlang ohnmächtig liegen blieb. Der Mann irrte vermutlich ziellos umher. Und bei fast zehn Prozent aller Erwachsenen, die plötzlich verschwanden, lautete die Ursache für ihr Verhalten chronische Hilflosigkeit.

Ich sagte: »Ich kann es dir nicht erklären.«

Der Mann, um den es ging, hieß Gabriel Seberg. Und ich hatte auf die Ähnlichkeit mit dem Namen Sebald, den Emmis Knoblauch brutzelnder Mann erwähnte, nicht reagiert.

Was aber Thon als noch gravierender einstufte und uns alle in stummes Grübeln versetzte, war die Übereinstimmung des Datums seines Verschwindens mit einer Notiz im Fall Halmar. Gabriel Seberg hatte am Samstag, dem vierundzwanzigsten März, vormittags das Haus im Münchner Stadtteil Au verlassen.

»Und zur selben Zeit ist deinen Aufzeichnungen zufolge auch die Frau aus Ismaning zum letzten Mal gesehen worden«, sagte Thon.

Er hatte richtig gelesen.

»Und die beiden kannten sich«, sagte er.

»Von früher«, sagte Freya Epp, meine jüngste Kollegin, die alle paar Monate eine neue farbenfrohe Designerbrille trug, mit allerdings immer derselben Gläserstärke, sodass ihre Pupillen riesig wirkten.

»Habt ihr den Hausmeister gefragt, ob der den Seberg kennt?« Paul Weber, der Älteste in der Runde, kritzelte, wie es seine Art war, ein Wort auf seinen Block und unterstrich es, auch wenn er es bereits einmal notiert hatte. Sein Bauch stieß gegen die Tischkante, und er hatte die Ärmel seines rotweiß karierten Hemdes hochgekrempelt, graue Haarbüschel bedeckten seine Arme. Mit seinem breiten, konturlosen Gesicht und seiner bulligen Figur, seinen karierten Hemden und den Kniebundhosen sah er aus wie der klassische Vorzeigebayer, der noch dazu

weißblaue Stofftaschentücher benutzte und im Winter einen Lodenmantel trug. Dabei sprach er selten Dialekt und über seine Heimat – er war am oberbayerischen Schliersee aufgewachsen, wo seine Mutter noch immer lebte – verlor er nie ein Wort. In meiner Anfangszeit auf der Vermisstenstelle war er es gewesen, der mir geholfen hatte, mich zurechtzufinden, später versuchte ich, ihm während des langen Sterbens seiner Frau Elfriede beizustehen, mit der er siebenundzwanzig Jahre lang verheiratet gewesen war. Neben Martin, den ich seit meinem ersten Lebensjahr kannte, war Weber zu einem engen Vertrauten und Freund geworden. Davon abgesehen, hielt ich ihn für einen der besten Kriminalisten des Dezernats. Von ihm stammte der Ausspruch: »Einen Schuss und ein gesprochenes Wort kann man nicht zurücknehmen.« Und vielleicht war das der Grund, warum er nie eine Waffe bei sich trug und besonders Menschen mochte, die wenig redeten.
»Wir haben ihn noch nicht gefragt«, sagte ich.
»Warum ist der Mann zurückgekommen, die Frau aber nicht?« Thon – mit seinen fünfunddreißig Jahren der jüngste Kommissariatsleiter Bayerns – kratzte sich mit dem Zeigefinger am Hals. Im Gegensatz zu den meisten seiner Kollegen bevorzugte er teure Kleidung, und er schreckte nicht davor zurück, ein Seidenhalstuch und Seidensocken zu tragen, dazu oft ein blaues Leinensakko, und sich mit einem Parfüm einzusprühen, dessen Namen ich immer vergaß und das nach Sonjas Meinung edel roch. Ich fand, es roch unedel. Manche Kollegen hielten

ihn für einen karrieristischen Schnösel, dem das eigene Ansehen über alles ging. Meiner Einschätzung nach leistete er als Verantwortlicher im K 114, der Vermisstenstelle, und Organisator bei komplexen Fällen sehr gute Arbeit. Unsinnigerweise versuchte er ständig, mich zu ändern. Für ihn gehörte ein Mann, dessen Haare phasenweise bis auf die Schultern fielen und der bevorzugt an den Seiten geschnürte Lederhosen und weiße Baumwollhemden trug und eine Halskette mit einem blauen Adleramulett, eher in die Wildnis als in ein polizeiliches Büro, dessen Effektivität auf Kommunikation und Teamgeist beruhe. »Einzelgänger«, pflegte er zu sagen, »bringen nichts, das ist wie beim Fußball.« Im gesamten Dezernat 11 war er inzwischen der einzige Kriminalist, der eine Ehefrau und zwei Kinder hatte, und er verbrachte jede freie Minute mit seiner Familie.
»Ich hab mich übrigens erkundigt«, sagte Freya Epp und kramte in ihren Papieren. »Der Gabelsberger ... Gabriel, nein ... «
»Konstantin«, sagte ich.
»Genau!« In Vernehmungen und bei Befragungen zeichnete sich die zweiunddreißigjährige Oberkommissarin durch Geduld und Genauigkeit aus, und ihre schriftlichen Berichte waren knapp und klar strukturiert. Musste sie jedoch frei sprechen, im schlimmsten Fall vor einer Gruppe mit mehr als fünf Personen, verhedderte sie sich auf kuriose Weise in ihren eigenen Sätzen. Manchmal genügten schon fünf Personen.
»Ich hab in INPOL ..., also der Paul hat mir geholfen bei

den alten Dateien, sie sind ... Ich hab mir das rausgeschrieben, extra ... der Gabriel, also der Konstantin Gabriel ... nein ...« Schuldbewusst warf sie einen Blick über den Tisch, und ihre Pupillen sahen aus, als würden sie jeden Moment über den Brillenrand klettern.

»Ist er nun vorbestraft wegen sexueller Belästigung oder nicht?«, sagte Sonja Feyerabend, und mir fiel ihre Nase auf, deren Spitze noch stärker als sonst nach oben zu zeigen schien. Vielleicht zog die Lüge bei bestimmten Leuten die Nase in die Länge und die Ungeduld bei anderen die Nase in die Höhe.

»Wir haben ..., also der Paul hat eine alte Anzeige aus dem System gefieselt ...«

»Du hast sie gefunden«, sagte Weber, dessen Ohren rot glänzten.

»Ist er verurteilt worden oder nicht?« Ruckartig fegte Sonjas Blick über mein Gesicht. »Was schaust du?«

Ich schaute einfach weiter. Und dann fiel mir die vorletzte Nacht wieder ein, und ich schaute auf die Akte vor mir.

»Er ist nicht vorbestraft«, sagte Freya Epp. »Es gab eine Anzeige, aber da war ... Keine Beweise. Ist zehn Jahre her.«

»Hier ist die Aussage von Sebergs Frau«, sagte Thon. Er hielt drei zusammengeheftete Blätter in der Hand. »Maria Seberg hat erklärt, ihr Mann sei nach seiner Rückkehr in einem stabilen Zustand gewesen, über seinen Aufenthaltsort konnte er keine Angaben machen. Du warst mit Sonja bei ihm.« Er sah mich an.

»Ich habe nicht mit ihm gesprochen«, sagte ich. »Er lag im Bett, als wir kamen, und war gerade eingeschlafen. Wir sind an seinem Bett gestanden, seine Frau hatte ihm Tee gekocht und Brote geschmiert, er hat nichts gegessen, er wollte bloß schlafen, sagte seine Frau. Wir haben dann einen Widerruf ans LKA geschickt.«

»Danach habt ihr nicht mehr mit ihm gesprochen?«, sagte Thon.

»Nein.«

Durch die schlecht isolierten Fenster drang Straßenlärm herein, gelegentlich hörten wir die Stimmen von Gästen aus dem türkischen Lokal im Erdgeschoß.

»Du musst noch einmal mit dieser Amalie Bregenz reden.« Mit einem kurzen Blick auf Sonja griff Thon nach einem Zigarillo und drehte ihn in der Hand. Auf Wunsch von Sonja und einiger anderer Kolleginnen war während der Besprechungen das Rauchen verboten. Thon fiel es am schwersten, sich daran zu halten.

Auf den vielleicht entscheidendsten Punkt dieser Vermissung kam mein Vorgesetzter erst jetzt zu sprechen.

»Was sagt deine Intuition? Ist die verschwundene Babette Halmar die Schwester von Amalie Bregenz?«

Ich schwieg. Draußen klingelte eine Straßenbahn, und ein Hund bellte.

»Und wenn ja«, sagte Thon, »dann haben wir eine Frau, die jahrzehntelang unter einem anderen Namen in Ismaning gelebt hat. Die sich seit Kriegsende nicht bei ihrer Schwester gemeldet hat. Die sich möglicherweise vor zwei Wochen mit einem Freund aus Kindertagen getroffen hat, und zwar heimlich. Aber warum das alles, das wissen wir nicht.«

»Wo können sich zwei alte Menschen treffen, die sich seit ewigen Zeiten kennen und die nicht gestört werden wollen?«, sagte Weber. Wieder vermerkte er ein Wort auf seinem Block und malte einen Kreis darum. Was er geschrieben hatte, konnte ich aus der Entfernung nicht erkennen. Ich hatte meinen Stuhl vom Tisch weg an die Wand gerückt.

»Wohl nicht in einem Hotel«, sagte Sonja. Vielleicht dachte sie in diesem Moment an dasselbe wie ich. An jenen Nachmittag, als ich sie, einem spontanen Einfall folgend, mitten in der Dienstzeit bei der Hand genommen und in ein teures Hotel in der Nähe des Dezernats geführt hatte, wo wir anschließend zwei Stunden verbrachten.

Jetzt drehte sie sich zu mir um. Und ich stand auf, ging zu ihr an den Tisch und gab ihr einen Kopfkuss. Dann setzte ich mich wieder. Freya, Weber und Thon hatten mir wortlos zugesehen.

»Warum nicht in einem Hotel?«, sagte Thon.

»Das Bild war in allen Münchner Zeitungen«, sagte Sonja. »Jemand hätte sie wiedererkannt.«

»Und wenn sie sich nicht in München getroffen haben?«, sagte Freya Epp.

»In Ismaning zum Beispiel«, sagte Weber.

Weil ich nicht zugeben wollte, dass ich diese nahe liegende Überlegung bisher nicht angestellt hatte, sagte ich: »In Ismaning werden dieselben Zeitungen ausgeliefert wie in München.«

»Das Foto der Frau ist in allen Lokalteilen erschienen, oder?«, sagte Thon. Er wartete nicht auf eine Bestätigung. »Das ist ein Job für Sie, Freya.«
»Mach ich«, sagte sie.
»Fragen Sie in den Ismaninger Hotels jeden, den Sie antreffen, an der Rezeption, in den Zimmern, in der Gaststube, in der Küche, alle. Erwähnen Sie die Narbe und lassen Sie auch mal den anderen Namen fallen, den der Schwester von Amalie Bregenz ...«
»Ruth Kron«, sagte Sonja.
Jemand klopfte, dann wurde die Tür einen Spalt breit geöffnet. Erika Haberl, Thons Assistentin, streckte den Kopf herein. »Ein Anruf wegen der vermissten Frau aus Ismaning, klingt wichtig.«
Ich stand auf und ging ins Vorzimmer.
»Einen frischen Kaffee, Herr Süden?«
»Ja«, sagte ich. »Hauptkommissar Tabor Süden«, sagte ich ins Telefon.
Eine junge Frau meldete sich. »Hallo? Wer ist da?«
Ich wiederholte meinen Namen. »Und wie heißen Sie?«
»Ist egal«, sagte die Stimme. »Ich wollt nur sagen, ich kenn die alte Schachtel, die heut in der Zeitung ist. Ich wollt nur sagen, Sie sollten mal in einer bestimmten Gegend nach ihr suchen.«
»Wo denn?«, sagte ich und trank einen Schluck des schwarzen, starken Kaffees.
»Im Westend. So, das wars, mehr kann ich Ihnen nicht sagen.«
»Danke«, sagte ich. »Aber ich möchte Sie trotzdem noch

etwas fragen. Haben Sie mit ihr gesprochen? Hat sie Ihnen ihren Namen gesagt?«

»Wieso?« Ich hörte ein Klacken und dann einen Fluch. »Mir ist die Tasche runtergefallen, das ganze Zeug liegt jetzt da rum, Scheiße! Ich muss los. Hätt ich bloß nicht angerufen!«

»Es ist sehr wichtig für uns. Wir haben nämlich den Verdacht, dass sie unter falschem Namen gelebt hat.«

»Wollen Sie mich verarschen?« Ich hörte das Ratschen eines Streichholzes. »Scheißwind. Ist die eine Spionin oder was?«

»Vielleicht«, sagte ich.

Auf meinem kleinen Block machte ich mir Notizen, obwohl das Gespräch aufgezeichnet wurde.

»Echt? Eine Spionin?«

»Hat sie Ihnen ihren Namen gesagt?«

Ich hörte, wie an einer Zigarette gezogen wurde. »Mehr weiß ich nicht.«

»Haben Sie den Namen Ruth Kron schon mal gehört?«

»Ruth Kron? Nie gehört«, sagte das Mädchen. Zu betont, wie mir schien.

»Wieso sagen Sie mir Ihren Namen nicht?«

»Weil der Sie nichts angeht! Das wars!«

»Ich möchte ihn aber gern wissen«, sagte ich.

»Hähä.«

»Haben Sie schon mal bei der Kripo angerufen?«

»Echt nicht.«

»Dann wissen Sie wahrscheinlich nicht, dass alle Gespräche gespeichert werden, auch unseres.«

»Das ist doch Mega-Mist!«, rief das Mädchen und kappte die Verbindung auf ihrem Handy.
Diesmal funktionierte mein Erinnerungsvermögen.

»Wieso wollen Sie meine Tochter sprechen?«
»Sie hat bei uns angerufen«, sagte ich.
»Bei der Polizei? Freiwillig? Das glaub ich nicht. Tanja! Tanja, komm mal runter! Wie war Ihr Name noch mal?«

5 Offensichtlich war sie aus dem Fenster und auf ein schmales Blechdach mit einer Wasserrinne geklettert und von dort auf die Grünfläche hinter dem Haus gesprungen. Im nassen Gras entdeckte ich Fußspuren, die vermutlich von Stiefeln stammten. Ich schloss das Fenster und setzte mich auf das von CDs übersäte Bett, auf die Daunendecke mit den Schmetterlingsmotiven, und etwas darunter klirrte leise. Auch Tanjas Mutter hörte das Geräusch, aber sie zeigte ebenso wenig eine Reaktion wie ich.

Auf dem schmalen, hellen Gesicht von Lore Vogelsang wechselte der Ausdruck zwischen Beklemmung, Entschlossenheit und Verzagtheit. Einerseits schien sie mehrmals innerlich Anlauf zu nehmen, mir etwas zu erklären oder vielleicht etwas zu verbieten, das Zimmer ihrer Tochter zu betreten zum Beispiel, oder mich aufs Bett zu setzen oder unverdrossen nichts zu sagen. Andererseits grub sie die Hände immer tiefer in die Taschen ihrer Bluejeans und zog die Schultern hoch. Sie wich meinem Blick aus und starrte das Fenster an, als käme Tanja jeden Moment hereingeflogen, um sie von meiner Anwesenheit zu erlösen. Auch wenn Lore Vogelsang, wie mir schien, nichts mehr fürchtete als die Rückkehr ihrer Tochter.

»Ich weiß nicht, warum sie so was macht«, sagte sie tapfer.
»Sie hat Angst«, sagte ich.
»Nein.«

Ich schwieg.
Das Zimmer war schmal und wirkte vernachlässigt, nicht schmuddelig, eher wie ein Raum, in dem niemand Wert auf Behaglichkeit legte. Auf den in die Wand gedübelten gelben Regalen lagen Unmengen von Comicheften, aufwändig illustrierte Bände, daneben Mappen, aus denen vereinzelt Zeitungsausschnitte heraushingen, CDs und Gläser und Tassen in allen Varianten und Farben. Aus einem Bastkorb quollen Kleidungsstücke und unzählige Gürtel, einige mit Nieten beschlagen. Am Schrank neben der Tür hing ein dunkelbrauner, speckiger Ledermantel, davor standen knöchelhohe Stiefel mit Stahlkappen an den Spitzen.
Lore Vogelsang räusperte sich. Und weil ich weiter schwieg, sagte sie mit unsicherer Stimme: »Vorhin haben Sie ... hab ich das richtig verstanden, es geht gar nicht um Tanja, sondern um eine Frau, die verschwunden ist ...«
Um das fünfzehnjährige Mädchen ging es mir tatsächlich nicht in erster Linie.
»Vielleicht erzählen Sie mir zuerst etwas über Ihre Mutter«, sagte ich.
»Meine Mutter?« Sie schaute mich an, als hätte ich ein Verbot missachtet. Dann nahm sie die rechte Hand aus der Hosentasche, hob den Arm, als plane sie eine bedeutende Geste, und steckte die Hand nach einigen Sekunden der Ratlosigkeit wieder in die Tasche. Die Worte kamen ihr noch mühsamer als vorher über die Lippen. »Wollen wir nicht runtergehen und ... uns ins Wohnzimmer setzen ... Ich mach uns einen Tee ... wenn Sie wollen ...«

»Ich möchte lieber hier bleiben«, sagte ich.
Nach einem Moment sagte sie: »Warum?«
»Setzen Sie sich doch.«
Vor dem weiß lackierten Holztisch gegenüber dem Bett stand ein Hocker mit vier stämmigen Beinen, auf dem man garantiert hart und unbequem saß. Ich konnte mir nicht vorstellen, dass Tanja auf ihm viel Zeit verbrachte und Hausaufgaben machte.
»Setzen Sie sich aufs Bett«, sagte ich und stand auf. »Ich stehe lieber.«
»Danke«, sagte Lore Vogelsang.
Ich verschränkte die Hände hinter dem Rücken.
»Ist Ihnen nicht zu warm?«
»Nein«, sagte ich. Ich hatte immer noch die Lederjacke an.
»Wollen wir uns nicht doch unten hinsetzen?« Sie bemühte sich um ein Lächeln, das ihr mittendrin misslang. »Jetzt stehen wir beide hier rum wie bestellt und nicht abgeholt.«
»Das macht nichts«, sagte ich. »Ist es Ihnen unangenehm, über Ihre Mutter zu sprechen?«
Sie schüttelte den Kopf und sah wieder zum Fenster und dachte über etwas nach. Es fiel ihr schwer, sich auf meine Fragen zu konzentrieren.
»Nein ... Warum ... Was hat meine Mutter mit der Frau zu tun, die verschwunden ist?« Wieder schüttelte sie den Kopf, mehr verärgert als verwirrt.
»Haben Sie das Foto in der Zeitung gesehen?«
»Ich hab die Zeitung nur durchgeblättert«, sagte sie. »Ich

hab den ganzen Vormittag Unterricht gegeben, ich hatte noch keine Zeit zum gemütlich Zeitung lesen.«
»Was unterrichten Sie?«
Demonstrativ blickte sie auf ihre Armbanduhr. »Klavier«, sagte sie unwirsch.
Jetzt war ein guter Moment, das Schweigen fortzusetzen.
Und Lore Vogelsang reagierte sofort. »Das passt mir nicht, dass Sie hier im Zimmer sind! Das ist das Zimmer meiner Tochter, und nicht mal ich geh einfach rein, wenns mir passt. Ich glaub nicht, dass Sie so einfach durch fremde Wohnungen gehen dürfen, ohne ... Erlaubnis.«
»Sie meinen, ohne Durchsuchungsbeschluss«, sagte ich.
»Ich will jetzt wissen, was genau Sie von meiner Tochter wollen, und was meine Mutter damit zu tun hat. Und ehrlich gesagt, möcht ich gern noch mal Ihren Ausweis sehen. Es kommt mir nämlich merkwürdig vor, dass Sie hier allein auftauchen, das ist doch unüblich, oder?«
Ich zog den blauen Ausweis aus der Innentasche meiner Lederjacke und hielt ihn ihr hin. »Vollkommen unüblich«, sagte ich. »Meine Kollegen sind alle unterwegs, die Kollegin, die mich begleiten wollte, musste im letzten Moment zu einem Einsatz. Aber wir schaffen unser Gespräch auch allein, Frau Vogelsang.«
Nach dem Anruf der Zigarette rauchenden Unbekannten hatte ich auf gut Glück bei Emmi Bregenz' Tochter in der Kazmairstraße angerufen, weil ich bei der »Mega«-Bemerkung des Mädchens an eine Formulierung seiner

Großmutter hatte denken müssen. Daraufhin war Sonja Feyerabend ein zweites Mal ins Lehel gefahren. Vielleicht hatte die alte Frau eine Vorstellung, woher ihre Enkelin – falls mein Verdacht zutraf – Babette Halmar kannte. Außerdem sollte Sonja Einzelheiten über die Bekanntschaft zwischen dem von Max Bregenz als Schmarrn-Beni bezeichneten Gabriel Seberg und der Familie Kron herausfinden. Und noch an der Wohnungstür im ersten Stock des Hauses an der Kazmairstraße war ich mir nicht sicher gewesen, ob meine Vermutung stimmte. Erst die überstürzte Flucht der Schülerin öffnete mir die Tür, von der ich sofort nach dem Telefonat gewusst hatte, dass sie existierte – und dass sie uns Zutritt zu einem Raum verschaffen würde, der aus Dunkelheit bestand. Wie lange wir uns – behutsam Schritt für Schritt, an undurchdringlichen Wänden entlang – voranzutasten hätten, bis wir die Konturen der Welt von Babette Halmar oder wie immer sie heißen mochte erkennen konnten, war noch völlig ungewiss. Wie so oft. Doch für das, was sich in diesem Fall schließlich offenbarte, hätte unser professionelles Ahnen niemals ausgereicht.

»Erst möcht ich wissen, worauf Sie hinaus wollen«, sagte Lore Vogelsang. »Vorher erfahren Sie gar nichts von meiner Familie.« Uneingeschüchtert erwiderte sie meinen Blick, dann sagte sie: »Und wir gehen jetzt nach unten, sonst ruf ich unseren Anwalt an.«

»Rufen Sie ihn an«, sagte ich. »Ich rede in diesem Zimmer mit Ihnen.«

»Warum denn?«, sagte sie laut.

»Ihre Mutter behauptet, die verschwundene Frau, deren Foto heute in den Zeitungen abgebildet ist und die Ihre Tochter wiedererkannt hat, sehe aus wie ihre Schwester. Hat Ihre Mutter eine Schwester?«
Im ersten Moment dachte ich, sie würde anfangen zu lachen. Sie nahm eine Hand aus der Hosentasche und kratzte sich mit einem beinah abfälligen Blick auf mich am Kinn, wie ein Kind, wie jemand, der dabei ist, jede Ernsthaftigkeit zu verlieren. Ich störte sie nicht dabei. Ich drehte mich um, ging zum Fenster, sah hinunter in den Hof, wo jemand sein Auto aus der Garage rangierte, unbeholfen, denn der Wagen blieb mehrmals ruckartig stehen, und der Motor ging aus.
Als ich mich umwandte, stand Lore Vogelsang nicht mehr an der Tür. Aus dem Parterre hörte ich ihre Stimme, sie telefonierte. Ich lehnte mich gegen das Fenster. Kalte, feuchte Luft zog durch die Ritzen herein. Nach einer Weile verstummte die Stimme im Erdgeschoss. Da ich kein Geräusch hörte, ging ich zum Bett und schlug die Decke zurück. Massenhaft Parfümflakons, CDs und fabrikneue Walkmen mit Kopfhörern bedeckten das weiße Laken, eindeutig gesammeltes Diebesgut. Ich deckte die Sachen wieder zu und probierte den klobigen Hocker vor dem Schreibtisch aus. Fast wäre ich mit ihm umgekippt. Entgegen seinem Aussehen stand das Ding auf äußerst wackligen Beinen, von denen noch dazu zwei locker waren.
»Mein Mann kommt gleich.« Lore Vogelsang tauchte in der Tür auf, ein Glas Wasser in der Hand. Sie trank einen

Schluck und stellte das Glas auf ein Regal, nachdem sie mehrere Hefte beiseite geschoben hatte. »Meine Mutter behauptet also, die Frau in der Zeitung ist ihre Schwester.«

Ich schwieg.

»Dann muss ich Ihnen sagen, meine Mutter hat keine Schwester. Wenn sie nämlich eine hätte, wüsste ich es, oder? Dann hätt ich eine Tante. Ich hab aber keine Tante.«

»Das bedeutet«, sagte ich, »Ihre Mutter hat uns einen Schmarrn erzählt.«

Es war nur ein karger Versuch. Aber vielleicht löste das Wort doch eine Erinnerung bei ihr aus.

»Mir kommt es eher so vor, als hätten Sie krampfhaft nach einem Vorwand gesucht, meine Tochter zur Rede zu stellen. Ziemlich missglückt, find ich.« Sie wollte nach dem Glas greifen, zog die Hand aber wieder zurück. Wenn ich mich nicht täuschte, änderte sich – wodurch auch immer – schlagartig ihre flüchtige Stimmung aus Couragiertheit und Entschlossenheit. Und bedrückt lehnte sie sich gegen den Türrahmen, mit hängenden Schultern und den Händen wieder tief in den Jeanstaschen. »Was solls?« Und mit einem Seufzer: »Dann sagen Sie halt endlich, was Sie wollen. Ich bin etwas müd heut. Müd.«

»Und ich bin irritiert«, sagte ich. Dann ging ich auf sie zu. Sie verfolgte meine Schritte mit Unbehagen. Ich ging an ihr vorbei und stellte mich vor das Treppengeländer. »Warum hat Ihre Mutter ihre Schwester verschwiegen?«

»Ich glaub das nicht.« Lore Vogelsang sah zum Bett, und ich vermutete, sie bemerkte die Veränderung.

»Ihre Mutter hat uns angerufen«, sagte ich. »Obwohl die Frau in der Zeitung anders heißt. Ihre Tante müsste, falls sie nicht geheiratet hat, Ruth Kron heißen und nicht Babette Halmar.«

»Bitte?« Hastig trank sie das Glas leer und wog es in der Hand.

Mir kam es plötzlich so vor, als führe die Tür, die sich durch den Fenstersprung von Lore Vogelsangs Tochter geöffnet hatte, nicht in einen dunklen Raum. Sondern in einen unterirdischen Keller. Und zwar nicht in dem Haus, in dem ich mich gerade befand.

»Wann will Ihr Mann hier sein?«, sagte ich.

Zuerst erwiderte sie nichts. Dann hob sie den Kopf in meine Richtung, mit einer schwerfälligen Bewegung.

»Weiß ich nicht. Hab ich nur so gesagt. Ich hab ihn nicht erreicht. Er ist unterwegs. Unterwegs. So heißt das offiziell. Ich hab mit seiner Sekretärin gesprochen, sie sagt, Jonas ist im Rathaus, bei einer Delegation aus Ruanda. Stimmt vielleicht sogar.«

»Was arbeitet Ihr Mann?«

»Er ist Kurator bei der Hermann-Wieland-Stiftung. Die Stiftung leistet Hilfe für die Opfer von Bürgerkriegen, zivile Opfer, weltweit. Das ist eine sehr anerkannte Stiftung. Ich würd gern einen Veltliner trinken, stört Sie das?«

»Nein«, sagte ich.

»Möchten Sie auch einen?«

»Nein.«

»Sie dürfen nicht.«

»Ich mag nicht.«
Beim Vorbeigehen lächelte sie mich unbeholfen an.
»Kann ich mal telefonieren?«, sagte ich und folgte ihr die Treppe hinunter.
»Haben Sie kein Handy?«
»Nein.«
»Ich wusste nicht, dass die Mittel bei der Polizei so drastisch gestrichen worden sind«, sagte Lore Vogelsang.
Eine halbe Stunde später rief Sonja, die ich zuvor am Handy erreicht hatte, zurück. »Das Beste ist«, sagte sie zu mir, »du bringst ihre Tochter gleich mit. Emmi Bregenz ist nur noch am Heulen.«

In der Küche roch es immer noch nach gebratenen Zwiebeln, Knoblauch und Öl. Und Emmi Bregenz weinte in ein weißes Stofftaschentuch, das sie auf Nase und Mund presste. Seit zehn Minuten standen Lore Vogelsang und ich an der Tür und warteten, dass die alte Frau etwas sagte. Sie saß auf dem Stuhl, auf dem am Vormittag ihr Mann gesessen hatte, der, wie Sonja mir mitgeteilt hatte, im Wohnzimmer sei und sich weigerte zu sprechen. Sonja hatte nach meiner Ankunft wieder neben Emmi Platz genommen, mit verzurrter Miene. Für das verstockte Verhalten des Ehepaares brachte sie nur wenig Verständnis auf.
Und Lore Vogelsang hätte vermutlich einen Weißwein dem Mineralwasser vorgezogen, das ihre Mutter ihr wortlos angeboten hatte, bevor sie ihr Gesicht wieder hinter dem Taschentuch verbarg und sich ihrem stum-

men Schluchzen hingab. Auch wenn Sonja vor Ungeduld mit den Fingern über das Rautenmuster des Tischtuchs kratzte und mir der Küchendunst und die abgestandene Wärme ein Brennen in den Augen und ein leichtes Brummen im Kopf verursachten, hatten wir keine andere Wahl, als den Kummer der alten Frau zu ertragen, ihn vielleicht zu lindern, indem wir sie nicht unterbrachen, und Anteilnahme und eine abstrakte Form von Verständnis zu vermitteln.

Wieder einmal, wie so oft bei unserer Arbeit, zwangen wir einen Menschen, die versiegelte Abdeckung über einem Schacht zu entfernen, der zur Quelle seiner Verwundung führte. Mich als Kriminalisten, als Sachbearbeiter einer, statistisch betrachtet, gewöhnlichen Vermissung, gingen solche Geheimnisse nur so weit etwas an, als sie meine Arbeit voranbrachten und halfen, den Fall zu einem klaren Abschluss zu bringen.

Aus welchen Gründen Emmi Bregenz ihre Tochter mit einer Lebenslüge hatte aufwachsen lassen, ging mich nichts an. Entscheidend war die Beantwortung der Frage, ob es sich bei der verschwundenen Babette Halmar um Emmis Schwester handelte, und wenn ja, wieso sie seit Kriegsende einen anderen Namen benutzte und an der Legende von ihrem Tod festhielt.

Ob wir aber darüber von Emmi Bregenz mehr erfahren würden, bezweifelte ich, je länger ich in der Küche mit ansehen musste, wie sich ihre nach innen kippende Traurigkeit in stilles Selbstmitleid verwandelte. Mehr und mehr schätzte sie mit einem flinken Blick unsere jeweilige Reaktion ab und tupfte umso eindrucksvoller, wenn nicht sogar ein wenig theatralisch, ihre geröteten Wangen und Augen ab. Vielleicht brachte mich auch nur die stickige Luft auf solche Gedanken.

Als mich ein weiterer Sekundenblick von Emmi traf, verließ ich die Küche, ohne mich um das Geschwader von stummen Verwünschungen zu kümmern, die Sonja mir hinterherschickte. Im Flur lehnte ich mich an die Wand, legte den Kopf in den Nacken und schloss die Augen.

Und wie ein Spuk tauchte das Gesicht eines Mannes in meiner Vorstellung auf, dessen Aussehen ich – Profi auf diesem Gebiet – nicht einmal hätte beschreiben können, nur in Umrissen, nur mit Hilfe meiner Phantasie oder in den Zornesfarben meiner Jugend. Das Gesicht eines Mannes, der von einem Tag auf den anderen verschwunden war und den ich daraufhin für tot erklärt hatte, über viele Jahre hinweg, mit wechselnden Begründungen. Einmal war er der Malaria in Afrika zum Opfer gefallen, einmal von einem Straßenräuber in Brasilien ermordet worden, einmal in den Bergen verunglückt, ohne dass man bis heute seine Leiche gefunden hätte. Und dabei lebte er vielleicht noch, er war bloß immer noch verschwunden, und ich hatte immer noch nicht verstanden, wieso. Ich arbeitete auf der Vermisstenstelle der Kriminalpolizei und konnte meinen eigenen Vater nicht finden, der an einem Sonntag, als ich sechzehn Jahre alt war, unsere Wohnung in Taging verlassen und nichts weiter zurückgelassen hatte als einen kurzen Brief, seine braune Lederjacke und den Geruch nach Rasierwasser.

Und weil ich sein Verschwinden und die Tatsache, dass er unauffindbar blieb, schwerer ertrug als die Vorstellung, er wäre gestorben, nistete ich mich in dieser Legende ein, aus der ich mich erst durch meine Arbeit im Dezernat 11 halbwegs befreite.

»Ihre Frau«, sagte ich, »hat an den Tod ihrer Schwester nie wirklich geglaubt. Und als sie jetzt das Bild in der Zeitung gesehen hat, reagierte sie so spontan, dass sie ihre eigene Lüge vergessen hat. Deswegen, Herr Bregenz, steht Ihre Tochter ziemlich konsterniert in der Küche.«
Der dürre Mann in der Trainingshose lag auf der Couch, die Füße mit den grauen Socken auf der Armlehne, und starrte an die Decke. Sein linker Arm hing schlaff herab, die rechte Hand hatte er unter seinem Hintern vergraben. Sein ausgemergelter Körper zuckte.
»Sie wissen doch, dass Ihre Frau eine Schwester hat.« Ich stand schräg vor ihm und sah auf ihn hinunter. Er hatte mich noch keines Blickes gewürdigt. Auch auf mein Klopfen hin hatte er nicht reagiert, ich war eingetreten und musste mich erst orientieren. Durch die geschlossenen bodenlangen Vorhänge drang kaum Licht herein, und die Couch war von einer quer stehenden Kommode halb verdeckt.
»Darf ich den Vorhang ein Stück aufziehen?«, sagte ich.
Bregenz gab ein heiseres Ja von sich.
Der Stoff fühlte sich rau und schwer an. Es hatte wieder angefangen zu regnen. Bregenz hob die Schultern und

blickte zum Fenster, eine Zeit lang, bis er den Kopf nach hinten fallen ließ und stöhnte.
»Ists Ihnen zu hell?«
Er reagierte nicht.
»Kannten Sie die Schwester Ihrer Frau?«
Neben der Couch stand ein wuchtiger Sessel. Ich setzte mich und versank.
»Sie haben Übergewicht«, brummte eine Stimme.
»Unbedingt«, sagte ich.
»Cholesterin?«
»Müsste ich überprüfen lassen.«
»Gehen Sie nicht zur Vorsorge?«, sagte Bregenz zur Zimmerdecke hinauf.
»Selten.«
»Sind die Leute früher auch nicht.« Sein Atem ging schwer, und das Zittern nahm zu. »Die kamen zu uns in die Apotheke, wir gaben ihnen die richtigen Medikamente, und sie wurden steinalt.« Nach mehreren Atemzügen mit offenem Mund sagte er: »Heute können sie sich das nicht mehr leisten. Alles zu teuer. In den letzten zwei Monaten haben sechzig Apotheken in der Stadt geschlossen. Und warum?« Keuchend hob er den Kopf, sah mich aus stumpfen Augen an und lehnte sich wieder zurück. »Die Kassen zahlen nicht mehr. Nicht mal mehr die apothekenpflichtigen Sachen, nichts mehr. Nichts. Wir haben vor zehn Jahren aufgehört. Rechtzeitig.«
Er drehte den Kopf zu mir. Sein linker Arm hing unbeweglich zu Boden, seine Hand lag starr auf dem Teppich. Ab und zu klatschte eine Regenböe gegen das Fenster.

Nach einem Schweigen sagte ich: »Wann haben Sie die Schwester Ihrer Frau zum letzten Mal gesehen?«
Als müsse er keinen Moment darüber nachdenken, sagte Max Bregenz: »Weihnachten dreiundvierzig. Ich war da, die beiden Mädchen und ihre Mutter.« Seine auf dem Teppich ruhende Hand zuckte. Mit vor Anstrengung verkniffenem Mund hob er den Arm, und jeder Zentimeter kostete ihn unübersehbar viel Kraft. Er knickte den Arm ab, verharrte und ließ die Hand auf seinen Bauch plumpsen. Dann schnaufte er und bewegte abwechselnd das rechte und das linke Bein. »Es hat Kohlsuppe mit Kartoffeln gegeben«, sagte er und brummte eigenartig. »Oder Kartoffelsuppe mit Kohl. Jedenfalls haben wir alles aufgegessen. Ist verständlich. Nicht?«
»Unbedingt«, sagte ich.
»Und der Schmarrn-Beni hat auch mitgegessen. Wieso der dabei war, weiß ich nicht mehr, da müssen Sie meine Frau fragen. Die waren dick befreundet mit dem, meine Frau und die Ruth. Lebt der eigentlich noch?«
»Ja«, sagte ich.
»Die Ruth wollt den heiraten, haben Sie das gewusst? Schon als Kind. Ist dann nichts draus geworden. Ist der Tod dazwischengekommen.«

6 Für Lore Vogelsang brach eine Welt zusammen, die für sie nie existiert hatte. Im Unterschied zu Sonja Feyerabend fiel es mir schwer, die Kaskaden von Vorwürfen nachzuvollziehen, mit denen die Klavierlehrerin ihre Mutter überschüttete. Nachdem sie es endlich geschafft hatte, mit ihrer Mutter und Sonja die stickige Küche zu verlassen und im Wohnzimmer erst einmal ein paar Minuten ruhig sitzen zu bleiben, begnügte sich die Tochter zwar zunächst mit zischenden Lauten, die sie zwischen den Schlucken aus einem Rotweinglas ausstieß. Doch kaum hatte sie ausgetrunken, sprang sie aus dem Sessel hoch und fuchtelte mit dem leeren Glas, unkontrolliert und unangemessen.

Ich stand beim Fenster und sah und hörte ihr zu. Als die drei Frauen hereingekommen waren, hatte ich meinen Platz im Sessel für Sonja frei gemacht. Ihre Verärgerung darüber, dass ich die Küche wortlos verlassen hatte, schien etwas abgeklungen zu sein, zumindest strich sie mir mit der Hand flüchtig über den Arm. Doch ich bildete mir ein, diese Geste gehöre einer anderen, vor sechsunddreißig Stunden ins Beiläufige gerückten Nähe und sei wie die milde Gabe einer Vorübereilenden für einen Obdachlosen.

»... Und du lässt mich mein Leben lang mit so einer Lüge allein!«

Ihre Stimme schredderte unser Schweigen. Wutzernagt verzog Lore Vogelsang das Gesicht und trat mit rudern-

dem Arm vor ihre Mutter. »Warum hast du nie darüber geredet? Was ist damals passiert? Wieso kann man über so was nicht sprechen? Wieso muss man da die eigene Familie belügen? Und hättst du dann nicht deinen Mund halten sollen? Jetzt? Wieso hast du dann bei der Polizei angerufen? Was denkst du denn, was jetzt passiert? Das kommt doch alles in die Zeitung!«
Was sie damit ausdrücken wollte, begriff ich nicht, und ich setzte schon an, etwas zu sagen, da wandte Sonja sich zu mir um und schüttelte stumm den Kopf.
»Und jetzt sag ich dir was!« Drohend hob sie das leere Glas. Im Zustand der Erregung, in den sie sich hineingesteigert hatte, wäre ich nicht überrascht gewesen, wenn sie das Glas auf den Boden oder an die Wand geworfen hätte.
Kopfschüttelnd senkte sie den Arm, bedachte ihre steif und eingeschüchtert dasitzende Mutter mit einem abfälligen Blick, drehte sich mit einem Ruck, der mir ebenso geziert vorkam wie manche Gesten ihrer Mutter, zum Büfett um, auf dem die Weinflasche stand, und goss sich ihr Glas voll. Mit dem Rücken zu uns trank sie es in drei Schlucken leer, schnaufte hörbar und knallte das Glas auf die Holzplatte. Nach einer Weile, in der sie die Schultern hängen ließ – scheinbar resignierend und kraftlos wie im Zimmer ihrer Tochter –, fuhr sie herum, rannte auf ihre Mutter zu, blieb einen Schritt vor dem Sessel stehen, beugte sich vor und stützte die Arme auf die Lehnen, das Gesicht nah vor dem ihrer Mutter.
»Du Lügnerin!«, schrie sie.

Empört stand Sonja auf, um sie in die Schranken zu weisen. Aber ich griff nach Sonjas Arm und hielt sie zurück.
»Du hast mich mein ganzes Leben lang angelogen!«, rief Lore Vogelsang. »Erst mit Papa und jetzt mit deiner Schwester! Warum denn?« Sie packte die alte Frau, die wie unter Schock das Stofftaschentuch zwischen ihren Fäusten rieb, an den Schultern. »Warum bist du so ein Lügenbiest, Mama!«
Als fühle der Regen sich verpflichtet, das Organ der Klavierlehrerin zu noch größerem Zorn anzutreiben, trommelte er in der folgenden Stille munter gegen die Scheiben, fester als vorher, fast aufdringlich. Und Lore Vogelsang sah tatsächlich zum Fenster, an Sonja und mir vorbei, mit einem unerwarteten Staunen im Blick und einem unmerklichen, halb spöttischen Zucken um den Mund.
»Ach, ihr!«, sagte sie dann, ging zum Büfett und stellte das Glas ab und lehnte sich gegen die Schubladen mit den schmiedeeisernen Griffen. Sie blickte in die Runde, von einem zum anderen, während ihr Vater ungerührt an die Decke starrte, vergrub die Hände in den Hosentaschen und zuckte mit den Achseln. Noch einmal neigte sie den Kopf und horchte. Und es sah aus, als nötige ihr der sture Regen ein Lächeln ab, das sie flink mit der Zungenspitze von den Lippen fegte.
»Darf ich etwas sagen?«
Das blaue Kleid raschelte, und Emmi Bregenz bemühte sich gerade zu sitzen. Auf ihrer Stirn glänzten Schweißtropfen. Im Gegensatz zu ihren geröteten vollen Wangen

wirkten ihre Augen nun klein und noch dunkler als sonst. Was die Figur betraf, hatten Mutter und Tochter keine Ähnlichkeit, allerdings fielen mir bestimmte Gemeinsamkeiten in der Art sich zu bewegen und den Kopf zu drehen auf. Unablässig beobachtete ich die beiden Frauen, fasziniert oder besessen von der Vorstellung, wie zwei Menschen – eigentlich drei, denn den Vater musste man dazuzählen – jahrzehntelang dieselbe Bühne teilten, ohne dass der eine die Maskerade der anderen beiden bemerkte. Immerhin hatte die Mutter offenbar eines Tages das wahre Gesicht des Vaters enthüllt. Oder hatte er es selbst getan? Und was war das wahre Gesicht des dürren Mannes auf der Couch, der, seit seine Frau und seine Tochter das Zimmer betreten hatten, kein Wort mehr gesprochen hatte? Und warum hatte Emmi Bregenz, falls die Enthüllung der Vaterschaft von ihr ausging, bei der Gelegenheit nicht auch die Geschichte ihrer verschollenen oder tot geglaubten Schwester erzählt?

Und warum reagierte ihre Tochter so heftig darauf? Lore Vogelsang war fünfundvierzig, ihre Mutter hatte ihr eine Tante verschwiegen, die, wie sie behauptete, zum Zeitpunkt von Lores Geburt längst tot war. Natürlich gab es deshalb keinen Grund, sie im Familienkreis nie wieder mit einem Wort zu erwähnen. Aber warum echauffierte sich Lore Vogelsang als erwachsene Frau darüber? Log sie ihre Tochter nie an? Oder ihren Mann? Oder sich selbst? Hatte sie noch nicht begriffen, dass die Lüge die alltäglichste Tatwaffe der Welt war?

Oder zwang das Bekenntnis ihrer Mutter sie dazu, diese

Waffe plötzlich gegen sich selbst zu richten? Noch hatte sie sich weitgehend unter Kontrolle. Noch galt ihre Aufmerksamkeit ganz ihrer Mutter. Und nicht uns, den Polizisten.
»Bitte sprechen Sie«, sagte ich.
Beim ersten Wort von Emmi Bregenz schob ihr Mann seinen Körper auf der Couch ein Stück nach oben und wandte ihr das Gesicht zu. Und sie sah immer wieder zu ihm hin.
»Das war dumm von mir«, sagte die alte Frau und presste die Fäuste auf die Knie. Auch wenn ihr das Geradesitzen in dem weichen Sessel schwer fiel, bemühte sie sich angestrengt um eine aufrechte Haltung. Mehrmals streckte sie zwischen den Sätzen den Rücken und legte einmal sogar den Kopf in den Nacken und zog die rechte und die linke Schulter hoch, wie um die Muskeln zu entspannen. Abgesehen von ihrem Mann beachtete sie niemanden, nicht einmal ihre Tochter. Der Gefangenschaft ihrer Geschichte entkam sie zwischendurch nur durch ihre ungelenken Dehnübungen.
»Wieso hab ich bloß bei der Polizei angerufen? Du hast gesagt, ich solls lassen. Ich hab nicht auf dich gehört. Wäre langsam mal an der Zeit.«
Weder sie noch Max Bregenz verzogen eine Miene.
»Ich bin halt so erschrocken. Du doch auch! Wir haben die Zeitung aufgeschlagen, du hast sie aufgeschlagen, ist ja deine Zeitung. Er geht jeden Morgen rüber zu Lorenz.«
Das sagte sie zu niemand Bestimmtem. Ihre Tochter ließ

sie nicht aus den Augen, doch Emmi erwiderte den Blick nicht.
»Das hat gedauert, bis wir uns den Namen merken konnten. Wir sind halt schon verkalkt irgendwie. Lorenz. Ist doch nicht so schwierig. Und dann bist du mit der Eselsbrücke angekommen: Lore wie unsere Tochter, und enz wie Bregenz. Hat funktioniert. Bei dir klappts noch besser da oben. Das macht der Knoblauch, der hält den Kalk ab. Ich vertrag keinen Knoblauch.«
Auf der Couchlehne zuckten die Füße in den grauen Wollsocken. Ansonsten lag Max Bregenz reglos da, die eine Hand hinter dem Rücken, die andere auf dem Teppichboden. So erschöpft und müde er auch wirkte, von dem, was seine Frau sagte, schien er jede Silbe wahrzunehmen. Konzentriert zog er die Stirn in Falten und presste die Lippen aufeinander, und sein verzurrter Mund erinnerte mich an Lore Vogelsang. Ich sah zu ihr hinüber. Und sie machte tatsächlich das gleiche verkniffene Gesicht wie ihr Vater. Was verbarg sich hinter seinem Schweigen? Zumindest seine Tochter schien es zu wissen.
»Ich hab mich dran gewöhnt«, sagte Emmi Bregenz. »Nur die Nachbarn noch nicht. Seit fünfzig Jahren beschweren sie sich über den penetranten Geruch. Das ist fast schon komisch. Er ist auch der Einzige im ganzen Lehel, der Knoblauch und Zwiebeln pur aufs Brot tut.«
Nach einer Pause, in der sie mit dem Oberkörper rückte und den Kopf für eine Sekunde in die Richtung ihrer Tochter hob, wechselte sie das zusammengeknüllte Taschentuch von einer Faust in die andere.

»Das war falsch, was wir gemacht haben«, sagte sie und sah ihren Mann lange an. Ein gleichmäßiges Zittern durchlief ihn. »Jetzt können wir nicht mehr zurück. Jetzt kommt alles raus. Und du musst dich nicht so aufführen!« Übergangslos hatte sie das Wort an ihre Tochter gerichtet, die erschrocken eine Hand aus der Hosentasche nahm. Vermutlich wäre sie einen Schritt zurückgewichen, wenn sie nicht direkt vor dem Büfett gestanden hätte. »Du hast ja keine Ahnung, was wir durchgemacht haben! Hat dich nie interessiert.«

Anscheinend mit der Absicht, etwas zu erwidern, machte Lore einen Schritt und zeigte mit der Hand auf ihren Vater.

»Sei still!« Brüsk wischte Emmi Bregenz mit der flachen Hand durch die Luft, als ohrfeige sie einen Unsichtbaren. Perplex und mit einem Ausdruck von Ratlosigkeit warf ihre Tochter Sonja und mir einen Blick zu. Seit einiger Zeit rutschte Sonja auf dem Sessel hin und her, vermutlich gemartert von der beklemmenden Stimmung in diesem lichtarmen, möbelschweren Raum. Ich dagegen fühlte meine Anwesenheit sehr angebracht, was wiederum Sonja mir ansah und ihre Gereiztheit noch verstärkte. Am liebsten hätte ich ihr die Hand auf die Schulter gelegt oder ihr über den Kopf gestreichelt.

»Sei bloß still!«, wiederholte Emmi Bregenz in schneidendem Ton. »Es ist jetzt nicht die Zeit für dich zu sprechen!«

Hätte sie sich in die Höhe gewuchtet, um ihre Tochter in die Schranken zu weisen, wäre ich nicht überrascht gewesen. Vom Dutt bis zu den grauen Filzpantoffeln mit den weißen Bommeln schien ihr Körper von den Lavaströmen der Erinnerung zu kochen. Das Rosige auf ihren Wangen färbte sich dunkelrot, ihr Bauch wölbte sich unter dem Kleid, jeder Atemzug fachte ihre innere Glut an, die seit Jahrzehnten von der Asche ihres Alltags bedeckt gewesen sein musste. Und ihr Mund, so kam es mir vor, spie die Worte über uns alle hinweg.

»Sei still!« Zum dritten Mal sprach sie ihre Tochter direkt an, mit leiserer Stimme als zuvor, dann fuhr sie mit anschwellendem Groll fort: »Das war unsere Entscheidung, die Entscheidung von deinem Vater und von mir. Und eigentlich war es allein meine Entscheidung, dein Vater war aber einverstanden, von Anfang an.«

Dem gebrechlichen Alten gelang ein Nicken.

»Und du hast da nichts zu kritisieren, und jetzt sag ich dir noch was. Familie, das geht nur die Familie an. Ich misch mich nirgendwo ein, und ich kenn viele Familien. Was glaubst du, was wir in der Apotheke für Geschichten gehört haben, oder ich früher im Krankenhaus? Was glaubst du, kriegst du da zu hören, in der Nacht? Ich war immer geduldig, ich hab jedem zugehört, die haben mich gesehen und haben mich angesprochen. Familie, das geht nur die Familie an. Man muss sich um seine eigenen Dinge kümmern, schert sich auch keiner um einen, wenns mal nötig wär. Ist so, hab ich Recht?«

Sie hatte den Kopf gesenkt, zögerte eine Weile – was den gleichgültigen Regen nicht störte – und hob die Faust mit dem Taschentuch.

»Denkst du, ich weiß nicht, warum du dich so aufführst?

Wie hast du mich genannt? Lügenbiest? Was denkst du denn, wer hier vor dir sitzt? Ich bin deine Mutter, es ist mir gleich, ob du mich respektierst, aber ich verlange, dass du mich nicht beleidigst. Hast du das verstanden?«
Sie hatte geschrien und musste husten. Dann wischte sie sich mit dem Handrücken über den Mund, schmatzte, und ihr Bauch hob und senkte sich unter dem sich spannenden Kleid. Nachdem sie sich den Mund abgetupft hatte, knüllte sie das Taschentuch wieder zusammen und hämmerte mit der Faust auf die Lehne des Sessels. »Wenn die Frau wirklich Ruth ist, und das weiß ich nicht, heut früh war ich mir sicher, später nicht mehr, noch später wieder und jetzt wieder nicht, wenn diese Frau aber die Ruth sein sollte, dann sag ich dir jetzt was. Hör genau zu!«
In dem kurzen Moment, in dem Emmi Bregenz, aufgewühlt, mit zuckenden Schultern, einen weiteren Ausbruch vorbereitete, hörte der Regen auf, eingeschüchtert vielleicht oder neugierig die Luft anhaltend.
»Wenn sie es ist«, sagte sie laut, »dann will ich ihr nicht begegnen! Ich will sie nicht sehen! Und wenn ihre Leiche gefunden wird und ich sie zu Gesicht krieg, dann sag ich: Die Frau kenn ich nicht! Nie gesehen! Auf Wiedersehen! Begreifst du das?« Und lauter als bisher schrie sie zu ihrer Tochter hinüber: »Geht das in deinen Schädel rein? Oder bist du so blöde? Hast du mich verstanden, Lore?«
»Nein«, sagte Lore Vogelsang mit einer Stimme, die aus den Fernen ihrer Kindheit zu kommen schien. »Ich ver-

steh dich nicht, Mama. Ich weiß nicht, was du meinst? Wovon sprichst du denn? Was bist du so böse?«
Emmis Stimmenschwall riss das Flüstern gnadenlos mit. »Halt doch deinen Mund! Jetzt auf einmal stehst du hier und tust so, als würd dich das alles interessieren. Mach uns doch nichts vor, so verkalkt sind wir noch nicht, dein Vater und ich! Du lebst dein Leben, und wir leben unseres, das war doch dein Wunsch, oder bilde ich mir was ein? So hast du das gewollt. Und ich lass nicht zu, dass ...«
»Warum bist du so böse auf deine Schwester, Mama?« Es klang, als würde Lores Stimme unter der ihrer Mutter hindurchtauchen.
»Und ich lass nicht zu, dass ... Du sollst still sein, sag ich! Hier sprech ich, und sonst niemand! Warum ich böse bin auf Ruth? Frag deinen Vater!«
In Erwartung einer Antwort drehte Lore Vogelsang den Kopf zu ihrem Vater. Und Max Bregenz nickte. Seine Füße zuckten, das Zittern schüttelte seinen Körper, und obwohl es im Zimmer warm war, dachte ich plötzlich, vielleicht braucht er eine Decke, vielleicht schlottert er vor Kälte. Erst als seine Frau wieder das Wort ergriff, hörte er auf zu nicken.
»Er hat Ruth gekannt, er hat auch gewusst, wie sie war, was sie manchmal so angestellt hat. Er war auch mal eines ihrer Opfer, er hat sichs gefallen lassen, er war ein gutmütiger Bub. Aber sie hat ihn verpetzt, in der Schule, und der Lehrer, der ein übler Nazikerl war, hat ihr geglaubt, weil sie so hübsch aussah in ihrem geblümten

Kleid und Zöpfe hatte und immer gelächelt hat, wenn man sie angesprochen hat. Was glaubst du denn, was das für eine war? Eine Denunziantin!«
Speichel lief ihr aus den Mundwinkeln, sie wischte ihn hastig ab, ohne das Taschentuch zu benutzen.
»Prinzessin!« Durch das mickrige Licht schoss Spucke. »Sie hat sich bedienen lassen und hat sich bedient! Hat sich bedient, und alle haben sie bedient. Und dann geht sie hin und petzt. ›Der hat mich angefasst, der hat mich da angefasst, da auf den Oberschenkeln, da, genau da!‹ Sie hat die Hand von diesem Nazikerl gepackt, weißt dus noch, Max, sie hat sie genommen und auf ihren Schenkel gelegt. So war die! Ich habs gesehen, ich hab durchs Fenster geschaut, und du hast gesagt, du glaubst das nicht. Du hast immer noch zu ihr gehalten.«
Nur kurz hatte Emmi sich an ihren Mann gewandt. Danach schleuderte sie ihre Aufmerksamkeit wieder der Tochter entgenga. Und am Büfett krallte Lore Vogelsang eine Hand um den beweglichen Eisengriff einer Schublade und bettelte mit ihrem Blick um etwas wie Verständnis oder mütterliche Nachsicht.
Und Emmi Bregenz hatte ein Einsehen.
»Das ist doch letztlich nicht so schlimm«, sagte sie sanft und entfachte um den ausgedörrten Mund ihrer Tochter ein Lächeln. »Kinder tun Dinge, die sie nicht begreifen, die sie als Erwachsene unverzeihlich finden. Als Kinder sind sie frei, der Übermut treibt sie zum größten Blödsinn. Ruth war nie übermütig, sie war berechnend. Wir haben uns dauernd gestritten, wir haben uns an den

Haaren gezogen, das hab ich Herrn Süden schon erzählt, wir haben uns gegenseitig in die Isar geworfen, und wenn sie ertrunken wär, hätt ich mich umgebracht. Aber sie hatte noch ein anderes Gesicht. Und das war ein fürchterliches Gesicht, das war nämlich das Gesicht einer Verräterin.«
Nichts Weiches unterlegte mehr ihre Stimme. Und ihre Tochter begriff die Veränderung sofort, und ihr Lächeln erfror.
»Wir haben nie rausgekriegt, wo sie das herhatte.« Emmi Bregenz senkte den Kopf. »So war ihr Wesen! Nicht? So war sie, und so hat sie Buben wie Mädchen betrogen und belogen, angeschwärzt und schlecht gemacht. Und wir haben ihr immer verziehen. Nicht? Ja. Warum, weiß ich nicht, meine Mutter hat ihr nicht verziehen, sie hat so getan, aber in ihrem Herzen war sie entsetzt und hatte nicht das geringste Verständnis für ihre Tochter. Fünf Stunden hat Max in der Ecke stehen müssen. Fünf Stunden! Und andere Buben wurden mit dem Stock verprügelt, zwanzig, fünfzig Schläge. Weil sie angeblich den Mädchen unter den Rock gesehen oder heimlich verbotene Bücher gelesen haben, oder sich Filme angeschaut haben. Weil sie sich über den Führer lustig gemacht haben, oder weil sie Obersturmbannführer Schweißkopf Scheißkopf genannt haben. Sie verpetzte Schüler, die der Lehrerin Brautlich Brautloch hinterhergerufen oder unseren Deutsch- und Geschichtslehrer Schmittke als fetten Naziarsch bezeichnet haben, der zu feig ist, in den Krieg zu ziehen. Was glaubst du, Lore, hat der mit den Buben

gemacht, die so was getan haben? Und mit den Mädchen hat er dasselbe gemacht. Er hat sie geschlagen und in die Ecke gestellt. Und niemand hat sich gewehrt! Keine Mutter. Kein Vater, falls einer da war. Alle haben sich das gefallen lassen. Alle! Alle! Und meine Mutter auch. Und die Mutter deines Vaters auch! Alle! Nur die Familie Rosbaum nicht. Die hat sich gewehrt. Und da hat meine Schwester etwas getan, was sie nicht hätt tun dürfen. Nicht? Von da an wollt ich, dass sie tot ist. Und ich hab alle Bilder weggeschmissen, auf denen sie drauf war, die ganzen Kinderfotografien, alle zerrissen. Und dann war sie tot. Und da hab ich mich gefreut, und niemand hat geweint um sie, nicht mal unsere Mutter. Nicht mal unsere Mutter.«

Die Tränen tropften ihr vom Gesicht auf den Schoß. Sie scheuerte mit dem Taschentuchknäuel über ihre Wangen und verschmierte die Schminke und rieb so fest in ihren Augen, als wolle sie für alle Zeit ihr Schauen loswerden.

Lore Vogelsang trat einen Schritt auf ihre Mutter zu. Aber Emmi streckte ihr den Arm entgegen, zeigte mit dem Finger auf sie und rief: »Und du bleib stehen! Sonst schlag ich dir ins Gesicht!«

Sogar Max Bregenz, der noch keinen Laut von sich gegeben hatte, stieß ein Brummen aus, das nach Widerspruch klang.

»Der Daniel ist ein hübscher Junge gewesen, er hat niemandem was getan. Max und ich, wir haben heut Morgen über ihn gesprochen, bevor ich im Dezernat angerufen hab. Der Daniel. Und jetzt sag ich dir was, und ich wollts dir nie sagen, weil mich das eigentlich nichts angeht. Weil es um deine Familie geht, und auch wenn ich deine Mutter bin, so respektier ich, was du tust, ob mir manches passt oder nicht. Das weißt du. Ja?« Sie ließ ihre Tochter nicht zum Nicken kommen. »Wieso du dich so aufregst, hab ich sofort durchschaut. Weil du dich selber belügst! Weil du glaubst, wenn du andere beschimpfst, dann kommst du ungeschoren davon. Zu spät, Lore, du hast dich verraten, und das gönn ich dir! Ich hab mich nie eingemischt, wenns um deinen Mann ging, um deine Freunde, um deine Tochter, die rausgeht und Leute beklaut und schon in der Zeitung abgebildet war, weil sie mit ihrer Bande durch die Stadt zieht und Unsinn treibt! Für die Leute ist das aber kein Unsinn, und für mich auch nicht! Mach, was du willst.« Und dann schrie sie wieder einen Satz: »Aber sag nicht zu mir, ich bin ein Lügenbiest!« Fahrig, mit zitternder Hand tupfte sie sich den Mund ab. »Du bist verheiratet, Lore, und was ist? Dein Mann hat eine andere Frau. Du bist die Mutter eines halbwüchsigen Kindes, und? Dein Mann weiß bis heute nicht, dass Tanja nicht seine Tochter ist. Und er wills gar nicht wissen, ist ihm egal. Und dir auch. Und wenn dein Mann nach Afrika fliegt, weil er da angeblich lebenswichtige Projekte zu betreuen hat, nimmt er seine Geliebte mit, und du weißt das, und es kümmert dich nicht. Wozu gibts Tabletten? Sinds immer noch diese gelben, länglichen? Wirken die immer noch so gut wie früher? Dein Vater und ich ...«

»Was ist mit meinem Vater?« Mit einem dumpfen Schlag

gegen das Büfett versuchte Lore Vogelsang sich aus ihrem Anwesenheitsverlies zu katapultieren. Nach zwei Schritten auf ihre Mutter zu blieb sie stehen und richtete den Zeigefinger auf Max Bregenz. »Meinst du den? Wer ist das? Das ist nicht mein Vater! Das ist der Mann, den du geheiratet hast, weil du schwanger warst und mein Vater verschwunden war. Oder? Oder, Max?«
Bei der Nennung seines Vornamens verkrampfte sich der Körper des alten Mannes auf der Couch, er winkelte den herunterhängenden Arm an, bis seine Finger fast sein Gesicht berührten. Es sah aus, als wolle er an ihnen riechen. Dann stöhnte er leise vor Anstrengung und legte die Hand auf seine Brust, wo die Finger sich in den Pullover krallten. Den Kopf auf der Sitzfläche, blickte er schräg zu seiner Tochter hinauf, und ich war mir nicht sicher, ob er sie überhaupt sah. Wie Gewichte fielen ihm ständig die Lider zu, und wenn er die Augen öffnete, blinzelte er lange.
Während er seine hilflosen Bewegungen bewältigte, redete Lore Vogelsang weiter auf ihn ein, nur auf ihn, obwohl sie halb ihrer Mutter zugewandt dastand. »Du warst der Ersatzspieler. Ja, das habt ihr mir gesagt, ja. Aber nicht freiwillig! Wenn die Elke mich nicht gefragt hätt, ob das stimmt, dass du gar nicht mein richtiger Vater bist, hätt ich es nie erfahren. Niemals! Und die anderen Kinder haben hinter meinem Rücken getuschelt und sich lustig gemacht. Jeder im Viertel hats gewusst! Nur ich nicht! War das keine Lüge! Ja?« Ihr Kopf schnellte zu ihrer Mutter herum. »Tu doch nicht so, als wär das alles

deine freie Entscheidung gewesen! Als hättst du das alles so gewollt! Ohne die Elke wärst du nie mit der Wahrheit rausgerückt! Ich kenn dich doch! Wenn ich was gelernt hab von dir, dann das Lügen! Das hab ich sogar vererbt gekriegt, das Lügen! Du warst nie ehrlich zu mir. Und ich hab lang gebraucht, um dich zu durchschauen, lang, lang hab ich gebraucht, so lang! Und jetzt kommst du mit einer Schwester daher. Was hast du denn noch in der Hinterhand? Einen Bruder? Einen Sohn, von dem niemand was weiß? Ich glaub dir kein Wort mehr. Red einfach weiter. Sind noch genug Zuhörer da. Und noch was.«

Schon an der Tür, drehte sich Lore Vogelsang noch einmal um. »Kümmer dich um deinen eigenen Dreck, lass meine Familie in Ruhe! Wie heißt dein Merksatz? Familie geht nur die Familie was an? Halt dich dran, Mama. Ja?« Sie schlug die Tür hinter sich zu, und ich hörte ihre stampfenden Schritte im Flur und kurz darauf eine zweite Tür, die zugeschlagen wurde.

Unrhythmisch synchronisierte der Regen unser Schweigen.

»Der kleine Daniel ...«, sagte Emmi Bregenz und stopfte das durchnässte Taschentuch zwischen Sitzkissen und Lehne. »Er hat nicht kapiert, was die Männer von ihm wollten. Er ist immer so freundlich zu allen Leuten gewesen. Andre Kinder wären vor den Mänteln und den Pistolen erschrocken, er nicht, er hielt die Männer bestimmt für Polizisten, die sich Sorgen machen um seine Tante und seinen Onkel. Also hat er ihnen gesagt, wo sie sind.

Er hat sie sogar hingeführt, glaub ich. In das Versteck. Der kleine Daniel. Und wenn Ruth nicht gewesen wär, würden die beiden vielleicht heut noch leben, die Tante und der Onkel.«
Und leise, wie mit unterdrückter Stimme fügte sie hinzu: »Und die Frau Rosbaum. Und der Herr Rosbaum. Und der kleine Daniel.«

Am Ende erhob sie sich, strich die Falten aus dem blauen Kleid, legte beide Hände flach an ihr Gesicht und sah zu der Stelle, an der ihre Tochter gestanden hatte. Dann drehte sie sich um, die Hände noch immer an den Wangen, und atmete schwer, überanstrengt vom vielen Sprechen, besorgt um ihren Mann, der die Augen geschlossen hatte und am ganzen Körper zitterte. Als sie die Hand hob und den rechten Daumen langsam ihrer Stirn näherte, begriffen Sonja und ich zuerst nicht, was sie vorhatte.

»Ein oder zwei Jahre älter als Ruth ist er gewesen«, sagte Emmi Bregenz, nachdem sie sich wieder gesetzt hatte. »Sie hat ein leichtes Spiel mit ihm gehabt. Du hast Recht, Max, rothaarig war er, nicht schwarz, rothaarig wie unsere Mutter ganz früher, und er hat immer eine Mütze aufgehabt, so eine graue, abgegriffene Schiebermütze. Die war ihm zu groß. Er hatte so ein schmales, weiches Gesicht, ich habs mal gestreichelt. Sie wohnten vorn in der Thierschstraße, an dem kleinen Platz, wo heut Parkplätze sind. Wir haben ihn nicht besuchen dürfen, was für jemand wie Ruth eine einzige Verlockung war. Sie

hat sich reingeschlichen. Und Daniel hat sie reingelassen, sie hat ihn bezirzt. Und dann ... Dann ... Die Frau Rosbaum ist keine Jüdin gewesen, Halbjüdin, nicht? Er schon, der Herr Rosbaum, der diesen wunderbaren Porzellanladen hatte. Meissner hat der geführt und Schälchen aus Asien, so was gabs bei uns gar nicht in Deutschland, damals nicht. Und so wundervolle Glasvasen, von denen meine Mutter immer so geschwärmt hat, mundgeblasen, wie Tulpenkelche geformt. In dem Laden war die Welt wie verzaubert. Nicht? Nicht, Max? Deine Eltern hatten auch kein Geld für die schönen Sachen. Aber anschauen hat ja nichts gekostet. Die Nazis haben Herrn Rosbaum in Ruhe gelassen, er hatte gute Beziehungen ins Rathaus, die Politikerfrauen haben alle bei ihm eingekauft. Und er war unauffällig. Aber seine Schwester und ihr Mann, die nicht, die sind auffällig geworden. Meine Mutter wusste Bescheid, sie hat Andeutungen gemacht, die hab ich mir gemerkt. Die beiden, die sind aus Augsburg geflüchtet. Hören Sie mir zu? Entschuldigen Sie, bitte. Max, ich muss das den Polizisten erklären.«
Sie sah nicht zu ihm hin, sie hob den Kopf und tupfte sich den Mund ab. Auch wenn sie Sonja oder mich ansprach, hielt sie ihren Blick von uns fern.
»Angeblich haben sie Flugblätter verteilt und Pamphlete unterschrieben, wir haben nie was Genaues erfahren. Aber die Familie hat zu ihnen gehalten, sie haben das unter sich ausgemacht. Unten im Keller gab es diese abgeriegelten Abteile, da ging niemand mehr rein seit dem Ersten Weltkrieg. Alles dreckig und feucht, und Ratten

waren da, Viehzeug, Kröten, wenn ich mich richtig entsinne, sogar Frösche. Niemand ist da runtergegangen. Dort hat der Herr Rosbaum seine Schwester und seinen Schwager versteckt. Zwei Jahre, glaub ich. Nicht? Zwei Jahre. Manche wussten davon. Meine Mutter. Sie hat zu uns gesagt, zu Ruth und mir, wenn wir jemandem davon erzählen, sperrt sie uns einen Monat in den Keller, im Dunkeln, und wir bekommen nur Wasser und trockenes Brot, eine Scheibe am Tag, sonst nichts. Ich hatte solche Angst. Von mir hat niemand was erfahren. Und der arme kleine Daniel. Der arme kleine Daniel. Er hat Ruth das Versteck gezeigt. Weil sie ihn bezirzt hat. Weil sie ihm wahrscheinlich ein Bussi gegeben hat. Ihre Neugier war schon böse. Und dann hat sie dem Schmittke davon erzählt, weil sie eine bessere Note wollte. Das weiß ich noch wie heute. Er hat ihr eine Drei gegeben und sie wollt eine Zwei. In Deutsch. Sie hat Ruhm ohne h geschrieben. ›Zum Rum des Deutschen Vaterlands.‹ Alle haben gelacht. Ich auch. Und zur Strafe hat er mich nach dem Unterricht dabehalten, und ich musste den Rock hochziehen, und dann hat er mir zwanzig Schläge auf den Hintern gegeben. Ich hab nicht geschrien. Und meiner Mutter hab ich nichts davon gesagt. Obwohl sie es bestimmt gewusst hat. Ruth hat gepetzt. Und sie hat dem Schmittke gesagt, wenn er ihr nicht nur eine Zwei, sondern eine Eins gibt, weil sie hätt sich nämlich bloß verschrieben, dann wird sie ihm beweisen, dass sie die ganze Zeit an den Ruhm des deutschen Vaterlands denkt. Ja. Ja. Ja. Und dann hat sie ihm erzählt, was sie im Keller der Fa-

milie Rosbaum gesehen hat. Die Matratzen und die Gesichter im Dunkeln. 1942 war das. Im Winter 1942, im Dezember, glaub ich. Nicht? In der Adventszeit. Am nächsten Tag waren alle weg, der Herr Rosbaum, die Frau Rosbaum, der Onkel, die Tante und der kleine sanfte Daniel. Und ich hab Ruth gefragt, ob sie glücklich ist, und da hat sie mich an den Haaren gezogen und mich in den Schnee geworfen und dann wieder an den Haaren gezogen und mich angebrüllt, wenn ich nicht nett zu ihr bin, dann sagt sie dem Schmittke, dass ich auch davon gewusst hab, aber bloß zu feige bin, es zuzugeben. Und dann würd er mich erst grün und blau schlagen, und dann käm ich auch weg. Das hat sie gesagt.«
Sie keuchte mit offenem Mund, und ihr Bauch hob und senkte sich ununterbrochen und schnell.
»Dann kommst du weg, hat sie gesagt. Dann kommst du weg zur Strafe. Da wollt ich, dass sie stirbt. Dass was vom Himmel fällt genau auf sie drauf.«
Emmi Bregenz holte das zusammengeknüllte Taschentuch aus der Sesselritze und drückte es auf ihre Augen, erst lange auf das linke, dann lange auf das rechte, dann stopfte sie das Tuch wieder neben das Kissen.
»Als Ruth nicht zurückgekommen ist von den Hufschmieds, wollt ich sehen, ob meine Mutter weint. Hat sie nicht getan. Also hab ich auch nicht geweint. Und wenn mich jemand gefragt hat, wies mir geht nach dem tragischen Ereignis, hab ich geantwortet, ich bin gar nicht traurig, meine Schwester ist bloß vom Schlafgott entführt worden, und der bringt sie wieder eines Tages, eines

Tages bringt der Schlafgott sie wieder zurück. Nicht? Hab ich dir auch erzählt, Max. Hab ich meinem Mann auch erzählt, Herr Kommissar, Frau Kommissarin. Später hab ich ihm schon die Wahrheit gesagt. Und die Frau in der Zeitung ist nicht meine Schwester Ruth. Meine Schwester ist tot. Ich bin von dem Nazi Schmittke bestraft worden und sie vom lieben Gott.«

Dann erhob sich Emmi Bregenz. Und als sie sich uns zuwandte, machte sie mit dem rechten Daumen ein Kreuzzeichen auf der Stirn und auf den zusammengekniffenen Lippen und über dem Herzen. Sie wischte sich mit der Hand über den Mund und sagte: »Jetzt brauch ich einen Schnaps.«

7

Routine ist ein Hauptwort, und wir schrieben es groß. Was wir über Babette Halmar – sofern es sich bei ihr um Ruth Kron handelte – erfahren hatten, stürzte uns in eine solche Verwirrung, dass wir die nächsten drei Tage mit nichts als stoischer Faktenrecherche verbrachten. Da Martin sich wegen einer schweren Erkältung krankschreiben ließ, zog Volker Thon Sonja von den Ermittlungen im Fall der Rumänen ab und teilte sie offiziell mir zu, nachdem die Begegnung mit dem Ehepaar Bregenz sie sowieso nicht mehr zur Ruhe kommen ließ.

Wie bei jeder Fahndung – auch in den vier Jahren, die ich in der Mordkommission gearbeitet hatte, hatten wir uns streng daran gehalten – bewegten wir uns von außen nach innen, von den offensichtlichen Daten und Fakten hin zu den verborgenen, durch die Schale zum Kern, vom gesprochenen Wort zum verschwiegenen, von den Umständen zu den Beweggründen, vom Allerlei zum Besonderen. Und wir vermieden es, Hintergründe in ihre Einzelheiten zu zerlegen, bevor wir nicht vollkommene Klarheit über die Vordergründe besaßen.

Letztlich, das war meine Erfahrung nach einem Vierteljahrhundert Dienst bei der Kriminalpolizei, bestand unsere Arbeit zu einem Großteil aus Logik und zu einem viel kleineren Teil, als man gemeinhin annehmen würde, aus Fachwissen. Und was uns der gesunde Menschenverstand nicht lehrte, das fanden wir auch nicht in Büchern und gesetzlichen Vorschriften. Allerdings bereitete uns das bloße Erkennen des Offensichtlichen oft Mühe, je mehr überprüfbares Material wir auch zusammenstellten, das Bild blieb verschwommen, die Wahrheit ein Phänomen. In solchen Fällen neigten manche meiner Kollegen zu Aktionen der Ungeduld, etwa dem wiederholten Befragen von Zeugen oder indem sie verstärkt die Presse um Mithilfe baten oder alle bisherigen Ergebnisse in Frage oder auf den Kopf stellten.

Ich neigte in solchen Fällen zur Langsamkeit. Allerdings auf eine Art, die gelegentlich sogar Paul Weber, der Großmeister der Bedächtigkeit, für eine raffiniert getarnte Variante von Tatenlosigkeit hielt. Natürlich sah ich ihm – und nur ihm und Martin Heuer – diese gemeine Einschätzung nach. Am Ende nämlich öffnete mir mein rastloses Zögern den Blick auf einen unauffälligen Stein, den ich die ganze Zeit übersehen hatte und unter dem der Schlüssel zur endgültigen Tür verborgen lag.

Oft war es so, sehr oft.

Manchmal aber bemerkte ich den Stein und begriff trotzdem nichts. Oder ich nahm den Schlüssel und wunderte mich, warum er nicht passte. Oder er passte und ich öffnete die Tür und stand vor einem Spiegel, aus dem mich ein lächerlicher Mann ansah, ein vor Stolz auf seine Methoden tänzelnder Kommissarsbär, der in Sekundenbruchteilen auf die Maße eines durchschnittlichen Trottels schrumpfte und seinen gesunden Menschenverstand in einem Fingerhut spazieren trug. Merkwürdig, dass mich solches Scheitern, solange ich im Dezernat 11 tätig war, nie vor dem nächsten bewahrt hatte.

Mit der Frage, ob für Babette Halmar eine Gefahr für Leib und Leben bestand, hielten wir uns nicht mehr auf. Wir hatten keine Beweise dafür und keine dagegen, alles, was uns berechtigte, die Fahndung fortzusetzen, war die Tatsache, dass die dreiundsiebzigjährige Rentnerin nicht auftauchte und nach der Veröffentlichung ihres Fotos auch weiterhin keine konkreten Hinweise auf ihren Aufenthaltsort bei uns eingingen, ebenso wenig nach mehreren Rundfunkdurchsagen und dem Versand von Fernschreiben an die Polizeiinspektionen im Münchner Umland.

Bei der Abgleichung der Daten mit denen von unbekannten Toten im BKA-Computer waren keine Übereinstimmungen aufgetaucht. Immerhin konnten wir mittlerweile die Vermisstenmeldung erweitern und konkretisieren, was Zeitpunkt und Ort der Abgängigkeit sowie die Beschreibung der Frau und ihrer mitgeführten Gegenstände betraf. Um eine spezifische KP-16-Meldung für das Landeskriminalamt zu erstellen, benötigten wir zusätzliche körperliche Merkmale wie Narben oder Anomalien, ein Zahnschema und nach Möglichkeit daktyloskopische Spuren – Informationen für den Fall, dass wir die Fahndung ins Ausland ausweiten mussten.

Nach den Angaben aus dem Einwohnermeldeamt und dem Ismaninger Rathaus lebte Babette Halmar seit dem Ende des Zweiten Weltkriegs in dem Münchner Vorort und seit dreißig Jahren in dem grünen Haus Am Englischen Garten 1. Davor hatte sie eine kleine Wohnung in der Dorfstraße. Sie hatte nie geheiratet und keine Kinder.

Der Kopie der Geburtsurkunde, die uns eine Angestellte des Standesamtes zufaxte, entnahmen wir, wann und wo Frau Halmar geboren worden war.

Die Daten stimmten mit denen der Schwester von Emmi Bregenz, die diese uns genannt hatte, in keiner Weise überein. Demnach waren Emmi und Ruth Anfang der Dreißigerjahre in der Wohnung ihrer Eltern im Münchner Stadtteil Lehel zur Welt gekommen, Babette Halmar dagegen in Hamburg. Deren Geburtsurkunde enthielt zwar außer dem Namen des Geburtsorts die Namen der Eltern – Luisa Magdalena Halmar, geborene Fünen, und Paul Ludwig Halmar, beide katholisch und wohnhaft in Hamburg –, ansonsten jedoch keine detaillierten Adressen. Meine Rückfragen bei den zuständigen Behörden in der Hansestadt blieben erfolglos, eine Familie Fünen tauchte in keinem Register auf.

Auf welchem Weg und aus welchem Grund Babette Halmar nach Ismaning gekommen war, blieb im Dunkeln.

Die Aussage der Bedienung Anita Muck, Babette habe ihren Lebensunterhalt ausschließlich mit Tätigkeiten in fremden Haushalten verbracht, stimmte mit der von Mitarbeitern aus dem Rathaus und Verkäuferinnen verschiedener Läden, in denen die Frau regelmäßig ihre Lebensmittel besorgte oder von der Schülerin Verona besorgen ließ, überein. Und die Familien oder Nachkommen der Familien, bei denen sie gearbeitet hatte, wussten praktisch nichts über sie, nur, dass sie zuverlässig, pünktlich, verschwiegen und hilfsbereit bis zur Selbstaufopferung gewesen sei. Auf Fragen nach ihrem Privat-

leben habe sie immer freundlich, aber unbestimmt geantwortet.
Darüber hinaus wussten wir, dass sie sich ab und zu im Westend aufhielt. Doch warum? Inzwischen hatte ich mich über Tanja Vogelsang informiert. Das Mädchen sollte am Donnerstagnachmittag im Dezernat erscheinen, andernfalls, so erklärte ich ihrer Mutter, würde eine Polizeistreife sie in der Schule oder wo immer sie sich herumtrieb abholen. Möglicherweise war Tanja eine unserer wichtigsten Zeuginnen, und vielleicht hatte die alte Dame ihr etwas erzählt, was sonst niemand wusste.
Stundenlang saß ich an meinem Schreibtisch und sagte kein Wort. Vor mir lagen Seiten über Seiten abgetippter Protokolle. Und die Ausdrucke von Tanjas Übeltaten. Daneben das Fax aus dem Rathaus mit der Geburtsurkunde. Ausgestellt an einem Februartag zwei Jahre nach Kriegsende. Zu diesem Zeitpunkt war Babette ein junges Mädchen, knapp sechzehn Jahre alt. Die Unterschrift des Standesbeamten »i. V.« war unleserlich, der Stempel »Standesamt Ismaning« gerade noch zu entziffern.
Ich schwieg vor mich hin.
Falls sich auch weiterhin keine Angehörigen meldeten, müssten wir ihr Haus durchsuchen, eine Maßnahme, die wir mit Gefahrenabwehr begründen konnten, sodass wir dafür keinen richterlichen Beschluss benötigten. Ohne einen Blick in die privaten Unterlagen der verschwundenen Frau zu werfen, würden wir uns weiter im Kreis drehen, in einem immer engeren Kreis, wie mir schien.
Zumal eine Befragung, deren Verlauf ich vorher anders

eingeschätzt hatte, ins Nichts führte. Der Mann, den Max Bregenz als Schmarrn-Beni bezeichnete, ließ seiner Frau ausrichten, er könne nicht mit uns sprechen, weil er grausame Schmerzen in der Brust habe, keine Luft bekomme und halb bewusstlos von den schweren Medikamenten sei.
»Nur zehn Minuten«, bat ich.
Seine Frau öffnete die Tür des Schlafzimmers erst gar nicht, obwohl Sonja und ich bereits davor gestanden hatten.
»Wir kennen die Frau doch gar nicht«, sagte Maria Seberg in der Küche, in der es säuerlich roch.
Ob ihr Mann mittlerweile gesagt habe, wo er sich in der Nacht vom vierundzwanzigsten auf den fünfundzwanzigsten März aufgehalten habe?
»Er spricht nicht darüber«, sagte Maria Seberg, die eine bunte Kittelschürze trug, gerade so, als verweigere sie sich bis in die Kleidung hinein der Trübsal, die wie ein Schleier die lichtwelke Wohnung am Lilienberg im Stadtteil Au durchzog.
Ob sie eine Vermutung habe?
»Hauptsach, er ist zurückgekommen«, sagte sie.
Sie hatte uns Tee angeboten, aber wir hatten abgelehnt.
Ob sie wirklich sicher sei, die in der Zeitung abgebildete Frau noch nie gesehen zu haben?
»Ja.«
Aber sie habe am Telefon erklärt, die Familie Bregenz zu kennen.
»Nein«, sagte sie. »Ich hab gesagt, wir haben früher die

Emmi gekannt, mein Mann, als Bub. Wir haben überhaupt keinen Kontakt zu ihr, seit Jahrzehnten nicht mehr, seit nach dem Krieg nicht mehr, das haben Sie ganz missverstanden.«
»Entschuldigung«, sagte ich.
»Würden Sie uns verraten, warum Ihr Mann als Kind Schmarrn-Beni genannt wurde?«, sagte Sonja Feyerabend, die weder ihre lederne Schirmmütze abgenommen noch ihren Mantel aufgeknöpft hatte.
»Den Ausdruck hab ich noch nie gehört, da müssen Sie sich täuschen. Heißen Sie wirklich Feierabend, wie der Feierabend?«
»Mit Ypsilon«, sagte Sonja.
»Feyerabend.« Maria Seberg war eine zierliche Frau von siebzig Jahren mit einem fast faltenlosen Gesicht und dünnen graubraunen Haaren, die die Hälfte ihrer Stirn bedeckten und über ihren ziemlich großen Ohren etwas abstanden. Beim Sprechen zuckte sie manchmal mit dem Kopf.
»Wie lange sind Sie denn verheiratet?«, fragte Sonja.
»Dieses Jahr werden es genau fünfundvierzig Jahr.« Und nach einer Pause, in der sie die Hände vor dem Bauch kreuzte, mit den Innenseiten nach oben: »Und die fünfzig schaffen wir auch noch. Das wird schon wieder mit ihm.«
Ob ihr Mann mit ihr über das Foto in der Zeitung gesprochen habe?
»Nein«, sagte sie.
Ich sah sie lange an.
»Was ist?«, sagte sie. »Glauben Sie mir nicht?«

Ich sagte: »Die Emmi Bregenz glaubt, dass die Frau in der Zeitung ihre Schwester ist.«
Bevor sie etwas erwiderte, zuckte ihr Kopf. »Die ist doch tot. Und die hat doch auch nicht Babette geheißen.«
»Nein«, sagte ich. Und ich fragte sie nicht, wieso sie sich an den Namen erinnerte, obwohl sie den Artikel angeblich kaum beachtet hatte. »Haben Sie als Kind mit den beiden Schwestern gespielt?«
»Das weiß ich nicht mehr«, sagte Maria Seberg und blickte an mir vorbei zur Tür mit der Milchglasscheibe. Auch ich hatte ein leises Knacken gehört, als habe jemand behutsam eine Klinke gedrückt.
»Wir wollen Sie nicht weiter stören«, sagte ich. »Frau Bregenz behauptet, ihre Schwester sei eine Denunziantin gewesen. Können Sie sich das vorstellen?«
»Das ist doch Unsinn!« Maria Seberg hob die Stimme und fuchtelte mit den Händen. »Wir waren alle Kinder, wieso sagt die so was? Die hat doch keine Ahnung von nichts! Sie hat ihre Schwester immer schlecht gemacht! Damals schon! Die soll bloß still sein! So was sagt man nicht! Nach der langen Zeit! Richten Sie ihr aus, sie soll bloß ihren Mund halten! Die Ruth war keine Denunziantin! Was weiß denn die dumme Emmi? Was weiß die denn?«
Und was wusste Maria Seberg?
Und warum sprach sie nicht darüber?
»Es ist möglich, dass wir noch einmal vorbeikommen«, sagte ich.
»Das lassen Sie besser«, sagte Maria Seberg. »Hier ist nichts für Sie zu holen.«

8

Wie nimmt man eine siebzigjährige Frau fest, deren Tatwaffe die alltäglichste der Welt ist? Und die aller Wahrscheinlichkeit nach in dem Fall nur eine Randfigur darstellte, nicht unwichtig als Lieferantin von Rankwerk, doch ohne Einfluss auf Verlauf und Aufklärung?

Du Depp!, dachte ich plötzlich an diesem Donnerstagnachmittag, an dem ich darauf wartete, dass die Kollegen von der Bereitschaftspolizei die fünfzehnjährige renitente Tanja Vogelsang ins Dezernat brachten, nachdem sie ihnen zweimal entwischt war.

Du Depp! Wie verblödet musste ich sein, um mich mit Hierarchien und Wertungen abzugeben, anstatt das Einzige zu tun, was bei dieser Vermissung Licht versprach: jede Person, egal, wie geringfügig sie beteiligt sein mochte, einer anderen gegenüberzustellen und abzuwarten. Zu schauen. Zu horchen. Unsichtbar zu werden. Natürlich würde diese Vorgehensweise jeder dienstlichen Vorschrift widersprechen, und wenn Thon davon erfuhr, würde er die Vernehmung sofort abbrechen und Erklärungen von mir verlangen, die ich – wie so oft in meiner Zeit als Hauptkommissar – auf ein Wort reduzieren müsste: Intuition.

»Das ist interessant«, sagte Thon und kratzte sich mit dem Zeigefinger am Hals. »Und zu welchem Ergebnis ist dein Gespür schon gekommen?«

Ohne anzuklopfen hatte er die Tür des kleinen Raumes

im zweiten Stock geöffnet, wo wir gewöhnlich die Zeugenaussagen aufnahmen, da uns im Dezernat kein gesondertes Vernehmungszimmer zur Verfügung stand. Eine Erweiterung unserer Dienststelle scheiterte seit jeher am fehlenden Geld. Und den unaufhörlichen Sparmaßnahmen im Innenministerium fielen die Schallisolierung der Fenster zur lärmintensiven Bayerstraße genauso zum Opfer wie die Ausstattung sämtlicher Büros mit moderner Computertechnik oder der Ankauf halbwegs neuer Dienstfahrzeuge.

»Sie sind sich darüber einig«, sagte ich, »dass Babette Halmar unschlafbar war. Oder ist.«
»Unschlagbar?«
»Unschlafbar«, sagte ich. »Den Ausdruck hat Verona benutzt. Die alte Frau kann nicht schlafen. Jede Nacht schläft sie höchstens zwei bis drei Stunden, dann liest sie oder schaut Fernsehen. Oder döst vor sich hin, wie der Hausmeister behauptet.«

Nachdem ich für mich geklärt hatte, wie ich weiter vorgehen wollte, nahm ich von den uniformierten Kollegen Tanja Vogelsang in Empfang, die mich eine Weile als Gestaponazi beschimpfte, um mir schließlich mit einem Rechtsanwalt zu drohen, den ihr Vater gut kenne und der schon mehrere Prozesse gegen übergriffige Polizeibeamte geführt habe.
Ich sagte: »Ist dir das nicht peinlich, erst die rebellische Kämpferin gegen den Unrechtsstaat zu geben und sich dann hinter dem Rücken des Papas zu verkriechen?«

»Hä?«, raunzte sie und kramte aus ihrer Jeansjacke eine Packung Zigaretten hervor. Zu der Jacke trug sie hellblaue Jeans, die mich an die ihrer Mutter erinnerten, und ein Jeanshemd, das ihr deutlich zu groß war, dazu braune Wildlederstiefel, an denen ich die Sporen vermisste. Wäre das Mädchen nur eine pubertierende Alltagsschauspielerin gewesen, die mit deftigen Sprüchen durch die Gegend zog und sich gelegentlich mit Jungen prügelte, hätte ich ihre selbstgefällige Art nicht weiter beachtet und mich auf ihre Aussagen zur Vermissung konzentriert. Aber Tanja war eine jugendliche Straftäterin, die wegen schwerer Körperverletzung und räuberischer Erpressung in mindestens fünf Fällen bereits ein Jahr unter Arrest gestellt und ein weiteres halbes Jahr zur Arbeit in einem Behindertenwohnheim verurteilt worden war. Einmal in der Woche musste sie zur psychologischen Betreuung, einmal im Monat in Begleitung ihrer Mutter.

Ihre neuerliche Flucht vor der Polizei passte zwar ins Bild, nicht aber ihr Anruf im Dezernat. Noch hatte ich nicht herausgefunden, was sie dazu bewogen haben mochte, und ich fragte sie auch nicht danach. Ich wartete ab, was zwischen ihr und Konstantin Gabelsberger passierte, den ich nach Tanjas Eintreffen angerufen und hergebeten hatte. Sowohl der ehemalige Hausmeister als auch die Schülerin reagierten sofort mit allergischen Blicken aufeinander.

»Unschlafbar«, wiederholte Thon. »Was versprichst du dir von dieser absurden Maßnahme?« Er zündete sich einen Zigarillo an, blies den Rauch vor sich hin und lehnte sich in seinem Ledersessel zurück. Trotz seines unangekündigten Auftritts und seiner harschen Aufforderung, ihm in sein Büro zu folgen, wirkte er weniger verärgert, als ich erwartet hatte. Wie ich bald erfahren sollte, beschäftigte ihn etwas anderes mehr als das Verschwinden der Ismaningerin.

Im Zimmer ein Stock über Thons Büro passte inzwischen Freya Epp auf die beiden Zeugen auf.

»Deswegen liest ihr Gabelsberger Märchen vor«, sagte ich. »Manchmal auch Artikel aus der Zeitung.«

»Das ist alles, was er macht?« Thon stippte die abgebrannte Spitze des Zigarillos in den Aschenbecher und dachte offenbar angestrengt über etwas nach. Er sah mich nicht an, und ich hatte den Eindruck, er wich meinem Blick aus.

»Er hat einen Schlüssel zu ihrem Haus«, sagte ich. »Wenn ich mit der Befragung fertig bin, begleite ich ihn dorthin. Ich will endlich wissen, ob die beiden Frauen ein und dieselbe Person sind.«

Inzwischen lag uns auch eine Kopie der Geburtsurkunde von Ruth Kron vor, die wir vom Standesamt, bei dem auch Emmi Bregenz registriert war, angefordert hatten. Eine Sterbeurkunde existierte nicht. Das Mädchen Ruth war wie Hunderttausende von Kriegsopfern für verschollen erklärt worden.

»Hier ziehts rein«, sagte Volker Thon und nickte mit gerunzelter Stirn zum Fenster hin.

Ich drehte den Kopf. Dann schwiegen wir.

»Wenn die Medien die Geschichte mitkriegen, haben wir was zu tun«, sagte Thon. Er nestelte an seinem Halstuch, drehte den Zigarillo zwischen den Fingern, ließ ihn dann am Aschenbecherrand liegen.

Ich verschränkte die Arme vor der Brust und sah ihn an, wie er mit gesenktem Kopf vor mir saß, ungewohnt reglos, auf eine Art verzagt, die ich nicht hätte erklären können. Sein blaues Leinensakko kam mir heute zerknittert und unförmig vor.

»Wie schon am Montag eine Frage an deine Intuition«, sagte er, scheinbar vertieft in die aufgeschlagene Halmar-Akte vor sich. »Sind die beiden Frauen identisch?«

»Ich halte es für wahrscheunlich.«

»Warum?«

»Die Schwester hat sie wiedererkannt«, sagte ich. »Verbindungen zwischen Personen, die sich von früher kennen. Kleine Lügen, große Lügen. Alle machen uns etwas vor.«

»Das sind wir gewohnt«, sagte Thon.

»Ja«, sagte ich.

Er kratzte die Glut ab und legte den Zigarillo neben den Aschenbecher. Ruckartig hob er den Kopf und sah mich mit einem Ausdruck angespannter Entschlossenheit an, bevor er sich um einen neutralen Gesichtsausdruck bemühte. Ich sah ihm, der nie ein Mienentrickser werden würde, die Anstrengung förmlich an.

»Ich trag mich mit dem Gedanken«, sagte er und klopfte unbewusst mit der flachen Hand auf den Tisch, »Martin

Heuer zu suspendieren, und zwar auf Lebenszeit. Ich hab vor, Funkel zu bitten, im Ministerium seine Entlassung zu beantragen.«

Karl Funkel, dreiundfünfzigjähriger Kriminaloberrat, der seit der Attacke eines Drogendealers auf dem linken Auge blind war, leitete das Dezernat 11 mit seinen fünf Kommissariaten. Zur Zeit der Vermissung von Babette Halmar machte er Urlaub am Gardasee.

Ich schwieg.

»Hast du dazu was zu sagen?«

»Warum willst du das tun?«, sagte ich.

»Zwei Kollegen haben ihn in einer Bar in der Landwehrstraße gesehen. Er wirkte nicht so, als wär er sehr krank. Er war betrunken. Die Kollegen haben ihn gegrüßt, aber er hat nicht reagiert.«

»Wann war das?«, sagte ich.

»Vor zwei Tagen.« Thon rieb sich die Hände, als habe er sie eingecremt. Das Sprechen fiel ihm schwer, und mir schien, er habe lange gezögert, mir seine Absicht mitzuteilen. Vielleicht hätte er es längst getan, wenn ich nicht so beschäftigt gewesen wäre, und vielleicht lag der Grund, weshalb er überfallartig vor meiner Vernehmung der beiden Zeugen hereingeplatzt war, nicht darin, dass er meinen Alleingang wieder einmal missbilligte. Vielleicht ertrug er einfach die Anspannung nicht länger, die Last einer in seinen Augen unvermeidlichen Entscheidung.

»Ich bin zu ihm in die Wohnung gefahren«, sagte er und stand auf, verharrte einige Augenblicke ratlos hinter seinem Schreibtisch, kam dann um den Tisch herum, lehnte sich dagegen und stieß sich mit den Händen ab. Die Entfernung zwischen uns betrug ungefähr einen Meter, und ich roch sein Eau de Cologne und bemerkte zum ersten Mal einen Schleier von Müdigkeit über seinen Augen. »Er war nicht da. Ich hab eine Nachbarin gefragt, sie hat mir erzählt, er hätt nachts eine Frau zu Besuch gehabt und sei mit ihr am Morgen weggegangen. Das war gestern. Ich hab Sonja gefragt, ob sie den Namen von Martins Freundin kennt.«

Mir gegenüber hatte Sonja kein Wort davon erwähnt.

»Also bin ich nach Obersendling gefahren, in die Nähe der Siemensallee«, sagte Thon und nestelte an seinem Halstuch. »Du kennst die Adresse, wo Lilo arbeitet.«

»Ich war nie dort«, sagte ich.

»Ehrlich?« Er ging zum Fenster, schüttelte den Kopf und wandte sich um. »Wenn das so weitergeht, können wir gleich bei offenen Fenstern arbeiten. Nach vorn raus ist es noch schlimmer.« Thons Büro ging auf die Goethestraße, durch die zwar keine Trambahnen fuhren, auf der aber nur unwesentlich weniger Verkehr herrschte als auf der Bayerstraße. »Sie war da, ich hab mit ihr gesprochen. Sie sagt, sie weiß nicht, wo er steckt. Sie hat zugegeben, in seiner Wohnung gewesen zu sein, er hat behauptet, er habe frei. Ob er ihr krank vorgekommen sei, hab ich sie gefragt. Und weißt du, was sie geantwortet hat?«

Ich hatte eine Ahnung.

»Nicht mehr als sonst, hat sie gesagt. Nicht mehr als sonst. Eigentlich komme er ihr immer krank vor, jedes

Mal, wenn sie sich treffen. Ich kann ihn nicht mehr halten. Wo ist er?«
Ich sagte: »Martin ist ein Aushäusigkeitsfanatiker. Ich weiß nicht, wo er ist.«
»Er ist krank«, sagte Thon. »Er verweigert professionelle Hilfe. Und Fanatiker haben bei uns von vornherein nichts verloren.«
»Nein«, sagte ich. »Er ist ein großartiger Fahnder, er ist einer der erfahrensten Kommissare des Dezernats, und wir brauchen ihn.«
»Da hast du Recht!« Zum zweiten Mal zündete sich Thon den Zigarillo an. »Wir brauchen ihn. Aber er ist nicht da. Niemand weiß, wo er ist. Nicht einmal du, sein bester Freund. Und Lilo, diese Freundin, weiß es auch nicht. Langsam kapier ich, warum du bei der Geschichte damals so ausgerastet und auf ihn losgegangen bist, inzwischen bin ich fast soweit, dein Verhalten zu entschuldigen, auch wenn es vom Polizeilichen her natürlich absolut unentschuldbar bleibt.«
»Ich werde ihn suchen«, sagte ich. »Und er wird einen Monat Urlaub nehmen, sich auskurieren, nichts trinken und erholt zurückkommen. Er schafft das.«
»Dein Aushäusigkeitsfanatiker? Träum weiter, Romantiker!«
Er blies mir, vielleicht unabsichtlich, den Rauch ins Gesicht, setzte sich hinter seinen Schreibtisch und knipste die Lampe an.
Draußen war es dunkel geworden, und der dünne Regen knisterte auf dem Fensterblech.

»Gib ihm die Chance«, sagte ich.
Thon antwortete nicht. Dann streifte er bedächtig die Asche vom Zigarillo. »In meiner ganzen Laufbahn, die zugegebenermaßen noch nicht lange dauert, hab ich noch nie jemanden entlassen. Es gab immer eine Lösung. Und es muss immer eine Lösung geben, wenn jemand nicht total durchdreht und sich in Ausübung seines Dienstes ständig danebenbenimmt. Wir hatten zwei, drei solcher Fälle, du erinnerst dich. Nicht bei uns, aber beim Mord, bei den Brandfahndern. Wenn es in unserem Kommissariat eine Krise gab, haben wir sie bewältigt, die Leute wurden versetzt, sie haben ihren Fehler eingesehen und konnten weiterarbeiten. Ich setz niemanden auf die Straße.« Nach einer Pause rieb er sich, den Zigarillo zwischen den Lippen, wieder die Hände. »Aber Martin ist ein Desaster! Er ist kaputt. Entschuldige meine Direktheit. Er ist ein Wrack. Ich weiß gar nicht ... War er denn in den letzten zwanzig Jahren mal beim Arzt? Er raucht und trinkt und schlägt sich die Nächte um die Ohren ...«
»Er ist halt auch unschlafbar«, sagte ich.
»Was ist er?«
»Ich werde ihn finden«, sagte ich. »Er fängt sich wieder. Ich kenne ihn. Er hat sich immer gefangen. Immer wieder.«
Das Telefon klingelte.
»Nein«, sagte Thon. »Er fängt sich nicht mehr. Er ist leer, er hat keine Reserven mehr. Es ist viel zu riskant, ihn weiter im Dienst zu lassen.« Er nahm den Hörer ab. Als ich mich umdrehte, sagte er: »Warte!« Und in den Hörer:

»Und wo bist du jetzt? – Ja. – Mach das. – Das weiß ich nicht. – Wiedersehen.« Er legte auf. »Das war Martin. Anscheinend hat seine Lilo ihm erzählt, dass ich da war. Er ist zu Hause. Er sagt, er geht morgen zum Arzt und lässt sich untersuchen. Und er hat mich gefragt, ob ich einverstanden wär, wenn er zwei Wochen Urlaub nimmt. So geht das nicht weiter, Tabor.«
»Gib ihm seinen Urlaub«, sagte ich. »Wir kommen erst einmal ohne ihn zurecht. Lass ihn sich ausruhen. Lass ihn einfach in seinem Zimmer.«
Weil er nichts weiter sagte, verließ ich das Büro. Dass Martin am nächsten Tag zu einem Arzt gehen würde, bezweifelte ich. Derjenige, der ihm das Attest ausgestellt hatte, war ein alter Bekannter von ihm, der schon lange nicht mehr auf die absurde Idee kam, ihn zu fragen, ob er ihm nicht doch Blut abnehmen und ihn ausgiebig untersuchen solle.

In dem Raum mit dem niedrigen, schlecht abgedichteten Fenster war es kalt. Nicht nur, weil es keine Heizung gab, sondern weil von den drei Personen, die sich in dem Raum aufhielten, ein polares Schweigen ausging.
Wo geschwiegen wurde, dort lehnte ich mich an die Wand, kreuzte die Hände hinter dem Rücken und blickte geduldig meine Mitschweiger an. Nur die wenigsten hielten meine Anwesenheit länger als eine Minute aus.
Durch die dicken Gläser ihrer roten Brille sah Freya Epp mich beunruhigt an, und obwohl sie schon einige Male dabei gewesen war, wenn ich reglos dastand und wo-

möglich noch den Kopf in den Nacken legte und die Augen schloss, nahm sie ihren Kugelschreiber von einer Hand in die andere und starrte in ihrer Not auf den Boden.
»Was ist denn jetzt?«, sagte Konstantin Gabelsberger. Er hatte sich ein braunes Jackett angezogen und eine dunkelrote Krawatte umgebunden, die sein graues Hemd nicht gerade aufhellte. Über seinem kugeligen Bauch war ein Knopf aufgesprungen. Nervös blickte er zwischen mir und der Oberkommissarin hin und her, während er zu dem Mädchen, das an der Schmalseite des Tisches saß, nur flüchtig hinsah, wie aus Furcht, sie könne plötzlich herumfahren und ihm, über den Tisch hinweg, ins Gesicht springen.
Tanja Vogelsang saß steif auf dem Stuhl, die Arme auf der Lehne, den Rücken zum Tisch und zum Raum. Sie wippte mit den Beinen und wiegte ihren Kopf wie jemand, der zu Musik schunkelt. Abgesehen vom stoppeligen, streng rasierten Nacken hatte sie ziemlich lange, kreuz und quer abstehende tiefschwarze Haare.
»Wo waren Sie denn so lang?«, sagte Gabelsberger.
Nach einer Weile sagte ich zu Freya Epp: »Danke, dass du aufgepasst hast, du kannst gehen.«
»Danke«, sagte sie und erhob sich rasch. »Soll ich die Tür zumachen?«
»Ja.«
Im Moment, als Freya die Tür hinter sich schloss, sagte Tanja laut: »Auf mich braucht niemand aufzupassen, du Nazi!«

»Wer genau ist der Nazi?«, sagte ich.
Auf Gabelsbergers bleichen Wangen breitete sich eine Verlegenheitsröte aus. »Die meint das nicht persönlich«, sagte er.
»Wie dann?«, sagte ich.
»Bitte?«
»Du blöder Typ!«, rief Tanja, sprang auf, hob den Stuhl an und knallte ihn hin. »Du kannst mich nicht einschüchtern! Du kannst mir gar nichts! Und der Fettsack da drüben auch nicht! Was will der hier?«
Die Bluse hing ihr aus der Hose, und ich war mir nicht sicher, ob sie Drogen geschluckt hatte.
»Ich möchte Sie bitten, mich zu siezen«, sagte ich.
Sie starrte mich an, und ihre Augen wirkten trotz ihrer Aufgeregtheit ruhig, konzentriert.
»Stimmt das, dass das Mädchen Frau Halmar kennt?« Gabelsberger bemühte sich um ein Lächeln, das an Tanjas Blick zerschellte wie die Titanic am Eisberg.
»Das weiß ich nicht«, sagte ich. »Sie hat es behauptet.«
»Jetzt pass auf!«, rief sie, und ich konnte mich nicht dagegen wehren, dass mir ihr bayerischer Unterton gefiel. »Ich hab angerufen, weil ich die alte Schachtel in der Zeitung gesehen hab, und weil die mir Leid getan hat und weil ich was beitragen wollt, dass jemand sie findet, dass die nicht in der Nacht erfriert ...«
»Wann haben Sie sie denn zum letzten Mal gesehen?«, sagte ich.
»Ich red jetzt!«, blaffte sie. Dann ließ sie sich gegen die Wand fallen, verzog angeekelt den Mund und steckte mit

einer heftigen Bewegung beide Hände in die Hosentaschen. Wieder musste ich an ihre Mutter denken. »Die ist zu mir in die Werkstatt gekommen, die hat mit mir geredet, keine Ahnung, was die von mir wollt, aber sie war da, sie hat mit mir geredet, und das macht sonst keiner! Ist auch egal! Ich wollt bloß, dass sich jemand um die kümmert, und das wars! Ich will jetzt raus hier aus diesem Nazibunker!«

»In welcher Werkstatt hat Babette Halmar Sie besucht, Tanja?«, sagte ich.

»Entweder ...«, sagte sie und beugte sich vor und sah mich böse an. »Entweder Sie sagen Tanja und du zu mir, oder Sie sagen Frau Vogelsang. Kapiert, das? Ich mag das nicht!«

»Ja«, sagte ich. »In welcher Werkstatt hat dich Frau Halmar besucht, Tanja?«

»Verarsch mich bloß nicht! Lass das bloß sein! Das haben schon ganz andre nicht geschafft! Kapiert, das?«

Ich schwieg. Hinter mir hörte ich Gabelsberger schnaufen.

»Bei den Mungos«, sagte Tanja. »Bei den Behinderten. Ich hab da gejobbt, die haben mich dazu verknackt. Da war das. Sie ist gekommen und hat gesagt, sie hätt in der Zeitung über mich gelesen, und sie würd gern mit mir reden. Ich hab gedacht, was will die alte Schachtel? Ist die irgendwie pervers? Sie war aber in Ordnung, war sie. Sie hat mir Schoks gebracht, ohne Schoks geh ich ein! Schau nicht so blöd!«

Erschrocken drehte Gabelsberger den Kopf zu mir.

»Sie hat dir Schokolade mitgebracht«, sagte ich.
Sie redete einfach weiter. »Ich hab sie gefragt, was sie von mir will, sie hat gesagt, sie will nur mit mir reden. Und dann hat sie mich gefragt, wie es daheim läuft, mit meiner Mutter, mit meinem Alten, ich hab gesagt, es läuft. Und dann hat sie mich gefragt, warum ich das mach, das, was in der Zeitung steht über mich. Ich hab gesagt, muss sein, macht Spaß. Da hat sie nichts mehr gesagt. Das fand ich irgendwie cool. Sie hat nicht versucht mich anzumachen, verstehst du das? Sie hat überhaupt nichts gesagt dazu, nach dem Motto: Du musst dich bessern, Kleine, du musst an deine Zukunft denken, und diesen ganzen mega-blöden Scheiß. Hat sie nicht getan.«
Sie kratzte sich im Nacken und ließ sich auf den Stuhl fallen. Jedes Mal, wenn sie aus Versehen Gabelsberger ansah, schüttelte sie den Kopf.
»Hat sie dir gesagt, wie sie heißt?«, sagte ich.
»Hast du mich schon gefragt!«, blaffte Tanja. »Logisch hat sie gesagt, wie sie heißt! Denkst du, wir unterhalten uns und halten unsere Namen geheim? Bist du behindert? Ich weiß einen guten Job für dich!«
»Du sollst mich nicht duzen«, sagte ich.
»Reg dich ab!« Sie schaute mich an, als hätte ich einen Bretterzaun vor dem Kopf.
»Wie sie heißt?« Ihre Stimme klang fast schrill. »Ruth. Sie heißt Ruth! Wie denn sonst?«
Ohne mir eine Reaktion anmerken zu lassen, setzte ich mich an den Tisch. »Und welchen Familiennamen hat sie genannt, Tanja?«

»Was brauch ich denn einen Familiennamen? Ruth.« Sie streckte mir die Hand hin. »Und ich bin Tanja. Kapiert, das?«
»Sie hat keinen Familiennamen genannt?«, sagte ich.
»Nein!«, rief sie und ließ die Hand auf den Resopaltisch plumpsen.
»Hast du den Namen in der Zeitung gelesen?«, sagte ich.
»Was für einen Namen, Meister?« Als wäre sie erschöpft, legte sie den Kopf auf den Tisch, mit der rechten Wange nach unten, und sah mich mit einem mitleidigen Ausdruck an. »Ich hab keinen Namen gelesen! Ich hab das Bild gesehen, das langt! Was ist denn mit dem Scheißnamen? Ruth ist doch ein schöner Name. Hab ich ihr auch gesagt! ›Ruth‹, hab ich gesagt, ›Ruth find ich gut.‹ Da hat sie gelacht. Und sie hat mich echt nachgeäfft, die alte Schachtel. ›Ruth find ich gut. Ruth find ich gut.‹ Ich hab gedacht, ihr Gebiss fällt gleich raus, so rumgelacht hat die. ›Ruth find ich gut.‹ Mega-kindisch, die Alte! Ruth find ich gut.« Ihr Blick fiel auf wieder auf Gabelsberger, und sie schüttelte abschätzig den Kopf.
Ich sah den Schlüssel unter dem Stein. Und eine Tür ohne Schloss.

9 Nach ihren Aussagen, die ich für glaubwürdig hielt, waren sich die beiden Zeugen vorher nie begegnet. Vermutlich hatte Konstantin Gabelsberger von Tanja gehört, wenngleich er sich in ihrer Gegenwart nicht weiter darüber auslassen wollte. Und ich drängte ihn nicht.

Warum die Schülerin vor mir aus der Wohnung geflüchtet war, erklärte sie mir einleuchtend: »Ich hab angerufen, das muss reichen, ich red mit Bullen, wann ich will, kapiert, das?«

»Ja«, sagte ich, und für einen Moment verlor sie ihre innere Überlegenheit. »Willst du was trinken?«

Auf dem Tisch standen zwei Mineralwasserflaschen und ein Stapel Pappbecher. Tanja schüttelte den Kopf und sah zu dem schmalen, von Staub und Regen verschmierten Fenster hinauf.

»Und Sie?«

»Ja, ganz gern«, sagte Gabelsberger.

Ich schob ihm den gefüllten Becher hin. »Sie haben uns etwas verschwiegen«, sagte ich.

Verwirrt und beunruhigt brauchte er eine Weile für seine Antwort. Dabei blickte er mehrmals zu dem Mädchen auf der anderen Seite des Tisches, das die Ellbogen aufgestützt hatte und mit den Fäusten seine Wangen so weit nach oben schob, bis seine Augen nur noch Schlitze waren. Das zerknautschte Gesicht schien Gabelsberger zu irritieren, denn er schaute immer wieder hin und unterbrach dabei jedes Mal seinen Satz.

»Wie meinen Sie das, dass ich was verschwiegen hab?«, sagte er und hielt den weißen Becher mit zitternder Hand. »Mehr als das, was ich ... Ich kenn die Frau Halmar seit, wie gesagt, fünfzehn Jahren, und ich hab ... hab ihr ... Das wissen Sie ja, was ich meine, ich mein, ich hab sie gefragt, ob ...« Diesmal schaute er das Mädchen länger an, so intensiv und krampfhaft, als studiere er jede Falte ihres verschobenen Gesichts. »Was denn ... was denn verschwiegen?«

»Sie haben sich mit Frau Halmar am Bahnhof getroffen«, sagte ich. »An dem Tag, an dem sie verschwand.«

»Am Bahnhof?«, sagte er. »Die Babett?«

»Hä?«, machte Tanja, ohne die Hände wegzunehmen.

»Am vorletzten Samstag im März«, sagte ich.

Er stellte den Becher hin und sagte nichts. Von der Decke, wo eine runde Garderobenlampe mit geriffeltem Glasschirm hing, fiel gelbliches Licht, das den Raum noch abweisender und enger wirken ließ.

Jetzt bemerkte ich, wie Gabelsberger das Mädchen ansah – wie jemand, der sich Details einprägt oder darüber sinniert, wo er dieses Gesicht schon einmal gesehen haben könnte.

»Woran denken Sie?«, sagte ich.

Er hörte nicht auf Tanja zu fixieren, sie verzog keine Miene, wie bei einem Kinderspiel, das derjenige verliert, der als Erster lacht.

»So ist die Babett auch immer dagesessen«, sagte Gabelsberger mit leiser, knarzender Stimme. »Genauso wie sie. Komisch, oder?«

»Die Babette«, sagte ich. »Sie haben sie am Bahnhof getroffen, und sie hatte eine grüne Tasche dabei.«
Er gab einen brummenden Laut von sich und strich sich ungelenk über die Krawatte.
»Du kannst gehen«, sagte ich zu Tanja und stand auf.
Überrascht erhob sich Gabelsberger ebenfalls.
»Sie nicht«, sagte ich.
»Und wer ist die Babette?«, sagte Tanja und schüttelte beim Anblick von Gabelsberger ein letztes Mal den Kopf.
»Das ist die Frau, deren Bild du in der Zeitung erkannt hast«, sagte ich.
»Die heißt Ruth, bist du schwerhörig?«
Ich begleitete das Mädchen zur Glastür im Treppenhaus, die man nur mit einem Zahlencode öffnen konnte.
»Du hast mir sehr geholfen, Tanja«, sagte ich.
»Krieg ich Geld dafür?« Sie warf den Kopf hin und her und schielte auf die Namensschilder an den Türen. »Da gibts eine Sonja Feyerabend! Ihr habt Namen bei den Bullen! Feyerabend! Süden! Und da steht Heuer! Heuer ist Feierabend im Süden!« Sie schickte mir ein Grinsen über den Flur.
»Unbedingt«, sagte ich.
Ich tippte die Zahlen in das graue Kästchen und drückte die Tür auf.
»Krieg ich jetzt Kohle, oder war ich hier total mega-umsonst?« Sie stand so nah vor mir, dass die Schnalle ihres Ledergürtels meinen Bauch berührte.
»Du warst nicht umsonst hier, deine Aussagen sind sehr wichtig gewesen.«

Sie schubste mich beiseite und tänzelte zur Treppe, dort drehte sich noch einmal um. »Wenn du sie findest, sag danke von mir, kapiert, das?«
»Wofür soll ich ihr danke sagen?«
»Für das Geschenk, für was sonst?« An das Geländer gelehnt, stieg sie die Stufen hinunter, begleitet vom Klacken der Knöpfe ihrer Jeansjacke, die gegen die dünnen Metallstangen schlugen. »Sie hat mir den Gürtel geschenkt, weil Weihnachten war. Und sie hat mir sogar eine neue Jacke versprochen.« Sie war bereits um die Biegung verschwunden, beugte sich aber noch einmal rücklings übers Geländer und streckte den Kopf herauf. »Aber nur, wenn ich mich besser, hat sie gesagt. Ich hab schon eine neue Jacke, hier! Hab ich mich gebessert?«
»Vielleicht«, sagte ich.
Ihr Kopf verschwand aus meinem Blickfeld, und ich hörte nur noch das Klacken der Knöpfe.
»Schönen Feierabend, Süden!«, rief Tanja von unten.
»Sonja Feyerabend«, hörte ich kurz darauf eine Stimme, als ich zurückkam.
Gabelsberger verbeugte sich, als er meiner Freundin und Kollegin die Hand gab, und drückte die Krawatte an die Brust. Seit Mittag hatte Sonja Vernehmungen im Fall der verschwundenen rumänischen Kinder und des Ehepaares durchgeführt. Thon hatte darauf bestanden, dass eine Kommissarin und kein Mann aus der Sonderkommission mit zwei Zeuginnen redete, die von Kollegen der Bahnpolizei vorübergehend festgenommen worden waren, weil sie keinen Ausweis bei sich trugen, nur Notizen

in – wie ein Übersetzer bald bestätigte – rumänischer Sprache. Auf einem Zettel stand der Name eines der Mädchen, nach denen wir fahndeten.

Auch mir gab Sonja die Hand, aber ich verbeugte mich nicht, sondern küsste sie auf die Wange, was Gabelsberger veranlasste, den Kopf wegzudrehen. Mit einer entschiedenen Geste wies Sonja mich zurück. Ich wusste, dass ihr die Übernähe meiner Begrüßung nicht gefiel, aber ich hatte zu spät darüber nachgedacht. Eigentlich hatte ich überhaupt nicht mehr an das vergangene Wochenende gedacht. Zu intensiv war ich damit beschäftigt, die Stimmen um die leere Stelle der Babette Halmar zu ordnen und zu unterscheiden, die Echos nachklingen zu lassen und mir die dazugehörenden Gesichter jener Personen vorzustellen, mit denen sie unter falschem Namen ihr Leben verbracht hatte.

Noch hatte ich keine Gelegenheit, Sonja von den jüngsten Ereignissen zu erzählen, zuerst schuldete mir Konstantin Gabelsberger noch ein paar Antworten.

»Am Bahnhof getroffen?«, sagte er, nachdem ich ihn gebeten hatte, sich wieder zu setzen. Sonja nahm neben ihm an der Längsseite des Tisches Platz, legte ihre Mütze neben sich auf den Stuhl und behielt den Mantel an. Ich blieb stehen.

»Der Inhaber des griechischen Imbissladens hat Sie gesehen«, sagte ich.

»Niko?«

»Niko«, sagte ich. »Warum haben Sie uns angelogen, Herr Gabelsberger?«

»Ich hab nicht gelogen!«, sagte er und stieß aus Versehen den Pappbecher um. »Entschuldigung«, sagte er und stellte ihn auf.
»Möchten Sie noch etwas trinken?«, sagte Sonja Feyerabend.
Zu verwirrt, um ihr zu antworten, zupfte er an seiner Krawatte und schaute mich mit einem Ausdruck erbarmungswürdiger Hilflosigkeit an, fast flehend. »Ich hab halt wissen wollen, warum sie keine Zeit für mich hat. Auf einmal. Sie hat gesagt, sie hat zu tun. Ja, ich hab Sie angelogen. Entschuldigung.« Er senkte den Kopf. »Entschuldigung.«
So verliefen die Vernehmungen in Vermisstenfällen fast immer. Am Anfang gingen die Worte in Aufgeregtheit und hektischem Erklärungseifer unter. Nach und nach breitete sich eine eigentümliche Unwissenheit und Abwehrhaltung unter den Angehörigen und Bekannten aus, manchmal gepaart mit taktischem Getue wie den leicht zu durchschauenden Behauptungen, alles sei wie immer gewesen, der Vermisste habe keinerlei Anzeichen von Veränderung erkennen lassen und auch sonst sei nichts passiert, was eine derart drastische Entscheidung ausgelöst haben könnte. Und nach kurzer Zeit befanden wir uns in einem Labyrinth aus Lügen und Legenden, deren Erzähler zu immer neuen, fabelhaften Ausschmückungen neigten, entweder, weil sie unter allen Umständen ein für sie peinliches Familiengeheimnis hüten wollten, oder weil sie sich schuldig fühlten oder alles daransetzten, ihr Wissen aus welchen Gründen auch immer vor

uns zu verbergen. Das gelang letztendlich niemandem. In meinem Beruf stellten die professionellen Lügner eine – auch wenn das Wort in diesem Zusammenhang kurios klingen mag – verschwindende Minderheit dar. Und in den wenigen Fällen, in denen es um Personen ging, deren Existenz im weiteren Sinn auf Manipulation und gesetzlich abgesicherter Täuschung basierte, brachten wir die Ermittlungen allein deshalb zu einem befriedigenden Ende, weil die Eitelkeit vielleicht die größte Verräterin im Charakterarsenal eines Menschen ist. Gegen die Eitelkeit, scheint mir, kann sich der kälteste Stratege nicht schützen, zu gern kuschelt er sich an seinen selbst erdachten Traum, der ihn spiegelt und wärmt.
Gewöhnlich brachen die Lügner nach spätestens einer Woche vor ihrem aufgetakelten Spiegelbild zusammen, verachteten ihr armseliges Spiel und baten den Verschwundenen – und uns – für ihre Betrügereien um Nachsicht.
»Entschuldigung«, sagte Gabelsberger zum dritten Mal. Seine Hände zitterten noch stärker als zuvor. Unschlüssig presste er sie auf die Oberschenkel, dann legte er eine Hand auf den Tisch, um schließlich beide Hände im Schoß zu falten. In der Zwischenzeit goss Sonja Mineralwasser in den Becher und schob ihn dem Mann hin.
»Danke, Frau ...« Er hatte ihren Namen vergessen, und sie nannte ihn noch einmal. Er nickte traurig. »Warum sie so verschlossen ist, plötzlich, wollt ich wissen. Sie war immer eine zurückhaltende Person, sie drängte sich nie auf, sie lebte allein, dabei waren wir gut bekannt, und ich

weiß nicht, mit wem sie es noch war. Sie kannte schon Leute.«

»Wen kannte sie?«, sagte ich.

»Leute im Ort«, sagte Gabelsberger und sah den Becher an und leckte sich die Lippen. »Sie hat sich ja nicht versteckt. Wieso hat sie dem Mädchen gesagt, sie heißt Ruth?« Von dem abrupten Gedankensprung selbst überrascht, schüttelte er heftig den Kopf. »Geht mich nichts an. Ist aber seltsam.« Es fiel ihm schwer, die Hand mit dem Becher ruhig zu halten. Ich wartete, bis er getrunken und den Becher abgesetzt hatte.

»Sie haben Frau Halmar am Samstag, dem vierundzwanzigsten März, am Ismaninger Bahnhof getroffen«, sagte ich. »Um sie zur Rede zu stellen.«

»Ja«, sagte er schnell.

Einige Sekunden vergingen, in denen er die Stirn runzelte und mit Daumen und Zeigefinger an seinem Hemdkragen entlangfuhr. »Sie hat mir nichts erklärt. Sie hat gesagt, sie hat was zu erledigen. In der Stadt. In München.«

Schon die ganze Zeit notierte ich Stichpunkte auf meinem karierten Spiralblock, da an diesem späten Nachmittag keine Schreibkraft mehr zur Verfügung stand, die normalerweise jede Vernehmung – egal, ob in der Vermisstenstelle oder beim Mord – protokollierte. Kassettenrecorder benutzten wir so gut wie nie.

»Woher wussten Sie, dass sie an diesem Tag in die Stadt fahren wollte?«, fragte Sonja.

»Es war Samstag«, sagte Gabelsberger, und seine Stimme klang wieder heiser und schwer. »Jeden Samstag bin ich

zu ihrem Haus gegangen. An dem bewussten auch. Hab nicht geklingelt. Ich hab mich gesorgt, das können Sie mir glauben, ich wollt nicht spionieren. Sie war ja auch daheim. Drinnen hat Licht gebrannt. Ich bin weiter gegangen, hab mich auf eine Bank gesetzt. Und dann kam sie plötzlich daher, und da bin ich ihr hinterhergegangen, sie hat mich nicht gesehen. Erst am Bahnhof.«
»Was wollte sie in der Stadt, Herr Gabelsberger?«, sagte ich.
»Weiß ich wirklich nicht.«
»Und warum haben Sie uns zuerst angelogen?«, sagte ich.
»Weil ich ... weil ich ...« Mit einer unüberlegten Bewegung berührte er Sonjas Arm. Erschrocken zog er die Hand zurück, als habe er einen Stromschlag erhalten. »Bitte ... Ich hab gedacht, ich hab was falsch gemacht, sie ist wegen mir weg, hab ich gedacht. Und wegen mir nicht wiedergekommen, ich kann Ihnen das nicht genau erklären. Ich hab auch die Zeiten durcheinander gebracht, die Tage und das Datum ...«
Ich sagte: »Fangen Sie nicht schon wieder an zu schwindeln.«
»Entschuldigung«, sagte er sofort.
»Nach diesem Samstag am Bahnhof haben Sie Frau Halmar aber nicht mehr gesehen«, sagte Sonja.
»Ganz bestimmt nicht, Frau Sommerabend!«
»Feyerabend«, sagte sie.
»Kann ich das Foto wiederhaben, bitte?«, sagte er, bis ihm bewusst wurde, wie er sie gerade genannt hatte. Da stieß er ein gurgelndes Lachen aus. Und Sonja lächelte. Und

ich schaute ihr Lächeln an wie etwas Wiedergefundenes. In der kurzen Zeit, die es dauerte, hielt ich es für ein Versprechen oder einen Wundverband, der für uns beide reichen könnte.

Aber in der Nacht zum Sonntag, vom achten auf den neunten April, hatte ich nicht nur ihre Wohnung verlassen, ohne ihr eine Erklärung dafür geben zu können, weshalb sie schon genug Grund gehabt hätte, mich mit Schönheitsentzug zu bestrafen. Etwas viel Schlimmeres war geschehen. Ich hatte nicht begriffen, was die Hand auf dem Bettlaken bedeutete, die im mageren Licht der Straßenlampe mattweiß schimmerte.
Sonja schlief noch nicht, sie atmete gleichmäßig mit geschlossenen Augen, erschöpft wie ich lag sie am Rand des Bettes, die Haare fielen ihr ins Gesicht. Und es war warm. Und eine feuchte Schicht bedeckte unsere Körper, Spuren der vergangenen zwei Stunden. Die Luft roch nach unserer Begierde.
Und ich lehnte an der Wand, nackt, ohne Laken, das auf den Boden gerutscht war, und dachte an Martin und den sonderbaren Fall mit der alten Frau. Und da lag die Hand, die Finger leicht gespreizt, schlanke Finger mit Halbmonden an der Nagelwurzel, und ich sah nur die Hand, nicht den Arm, der mich gerade noch umschlungen und gehalten und fester gehalten und inniger umschlungen hatte.
Und auf einmal bewegte sich die Hand. Unendlich langsam kippte sie zur Seite, bis der Daumen den Zenit er-

reicht hatte, dann senkte sich die Hand zum blassblauen Bettuch und blieb auf dem Rücken liegen, die Finger zuckten und spreizten sich weit auseinander, als müssten sie gleich einen übergroßen Granatapfel in Empfang nehmen.
Und ich sah hin und dachte, wie kräftig die Hand auf einmal wirkt, wie ein Gefäß, das ein schweres Gewicht erwartet. Und ich bemerkte die Linien, von denen ich mir niemals merken konnte, wie sie hießen, und sie kamen mir gleichförmig und bedeutungsvoll vor.
Lange ließ ich meinen Blick auf Sonjas Hand. Und dann krümmten sich die Finger, unmerklich zuerst, dann stärker und schneller, ehe sie innehielten. Und ich lehnte immer noch an der Wand und bewegte mich nicht. Ich wusste nicht, warum. Warum ich nur hinsah, nur zusah und mich nicht vorbeugte.
Und nach einer Minute oder nach fünf Minuten, als ich einen Moment zur Tür geblickt oder die Augen geschlossen hatte, vielleicht waren sie mir auch zugefallen, sah ich, dass da eine Faust vor mir lag, geballt und abweisend und mattweiß wie Elfenbein. Und ich erschrak, und mein Herz schlug.
Und ich beugte mich vor und griff nach der Faust, da zog Sonja den Arm weg und vergrub ihn unter dem Körper wie der alte Bregenz auf der Couch. Meine Hand war auf dem blassblauen Spanntuch gelandet wie ein unförmiges Raumschiff auf einem gottverlassenen Planeten.
»Sonja«, sagte ich leise, aber sie antwortete nicht. Sie atmete leise und gleichmäßig.

Und ich beugte mich über sie und schnupperte an ihrer Haut und in ihren Haaren. Und mein Bauch war mir im Weg. Beim Anblick Sonjas kam ich mir fett und unförmig vor, und ich überlegte, warum sie es immer noch mit mir aushielt. Mir hätte keine sinnlosere Frage in den Sinn kommen können, aber sie blieb wie ein gefräßiges Echo in meinem Kopf.
Später, gegen drei Uhr morgens, rief ich sie an.
»Es spielt keine Rolle«, sagte sie müde, aus weiter Ferne. »Du kannst tun, was du willst.«
»Ich musste nach Hause«, sagte ich, wieder nackt, im Zimmer, dessen Wände ich gelb gestrichen hatte. »Ich wollte allein sein.«
»Schon recht«, sagte sie. Ihre Stimme klang, als habe sie sie allein am Telefon zurückgelassen, aus Höflichkeit oder aus Versehen, und liege selbst schon wieder im Bett, auf dem Weg in einen unbedeutenden Traum.
»Es tut mir Leid«, sagte ich.
»Du brauchst dich nicht zu entschuldigen, du bist ein erwachsener Mann«, sagte ihre Stimme.
»Ich kann es dir nicht erklären.«
»Musst du nicht. Gute Nacht.«
»Ich hätte nicht gehen dürfen«, sagte ich.
»Nein«, sagte Sonja.
Dann schwieg ich.
Daran erinnere ich mich noch heute genau, wie ich in der Nacht vom achten auf den neunten April am Telefon geschwiegen habe. Mein Talent, mein Fluch. Die Fähigkeit zum absoluten Schweigen. Mörder habe ich damit zum

Sprechen gebracht, Verräter und Lügner, mein Publikum auf allen Rängen, sie schrien mir ihre Geständnisse ins Gesicht, sie übergaben sich in mein Schweigen wie in einen Trog, ich brauchte ihn nur noch auszuleeren, meinen Bericht zu tippen und an die Staatsanwaltschaft zu schicken. Statt mir eine goldene Uhr und eine Urkunde zu überreichen, hätte mir der Minister bei meinem Ausscheiden aus dem Polizeidienst den Ehrentitel »Schweigser der Nation« verleihen müssen. Denn Sonja sagte in jener Nacht und noch oft danach:
»Jetzt schweigst du wieder.«
Und ich sagte: »Ja, ich schweigse.« Denn ich war ein erwachsener Mann nur nach außen hin. Drinnen, hinter meinem weißen Baumwollhemd und der Hose aus Ziegenleder und der schwarzen Lederjacke, hockte ein Kindskopf. Und der kraxelte in den unmöglichsten Momenten aus mir heraus und stellte mich dar. Und redete für mich. Und schweigste für mich.
»Ich wollte dich nicht verletzen«, sagte ich.
»Hast du nicht«, sagte sie.
»Ich komme morgen zu dir.«
»Wenn du willst.«
»Gegen Mittag, wenn du ausgeschlafen hast.«
Sie sagte nichts.
Und ich sagte: »Gute Nacht.«
Und sie sagte: »Ja.« Dann unterbrach sie die Verbindung, und ich drehte den Hörer auf dem Boden wie einen Kreisel.
Am nächsten Tag fuhr ich zu ihr in den nördlichen Stadt-

teil Milbertshofen, zu ihrem Appartement in der Kollwitzstraße. Wir tranken Kaffee und aßen Brote und redeten über die Arbeit. Danach spazierten wir durch den Englischen Garten und redeten über die verschwundene alte Frau, deren Adresse in Ismaning Am Englischen Garten 1 lautete. Und wir hielten uns nicht an den Händen. Aber ich sah oft zu ihrer linken Hand hin. Und ich schaffte es nicht, sie anzufassen.
Ich schaffte es nicht.
Sonja sagte dann immer weniger. Sie fuhr einen blauen Lancia, und bevor sie einstieg, küssten wir uns auf die Wangen. Ich sah dem Wagen hinterher, bis er verschwunden war. Dann hob ich meine Hand und winkte. Was Schweigser in der zerberstenden Mitte ihres Lebens oftmals tun.

10
»Mach das nicht mehr«, sagte sie im Hof des Dezernats.

»Ja«, sagte ich.

In unserem Dienstwagen wartete Konstantin Gabelsberger auf uns. Ich hatte ihn aufgefordert sich reinzusetzen, damit ich Sonja unter vier Augen über die Aussagen der Schülerin Tanja informieren konnte. Wir standen unter dem rechteckigen Betonvordach, Regen wehte uns ins Gesicht.

»Hast du vor, deine merkwürdige Doppelbefragung zu wiederholen?«, sagte Sonja.

»Vierfachbefragung«, sagte ich. »Ich möchte Emmi Bregenz und Maria Seberg und deren Ehemänner an einen Tisch setzen.«

»Das klappt nicht.«

»Vielleicht doch.«

»Du verrennst dich«, sagte sie.

Sie schlang ihren Wollmantel enger um sich und zog die Schirmmütze tiefer ins Gesicht. »Warum hast du das getan?«, sagte sie, ohne mich anzusehen, mit gesenktem Kopf, die Hand noch an der Mütze.

»Es war eine spontane Geste«, sagte ich.

»War es nicht. Vor einem Zeugen im Dienst!« Sie hob die Schultern, wie um sich gegen den Regen zu schützen. »Lass uns fahren, mir ist kalt.«

»Ich küsse dich nicht mehr im Dienst, versprochen.«

»Gut«, sagte sie und rannte zum Auto.

Auf der Fahrt nach Ismaning sprachen wir kein Wort. Ich saß auf dem Beifahrersitz, Gabelsberger auf der Rückbank. Ein paarmal räusperte er sich, sagte aber nichts. Trotz der schlechten Sicht jagte Sonja, die darauf bestanden hatte, selbst zu fahren, den Wagen über die Umgehungsstraße, vorbei an grauen, verhangenen Feldern, quer übers flache Land nördlich von München. Sie wartete kaum das Umspringen der Ampel vor der Ismaninger Straße ab, dem verkehrsreichen Autobahnzubringer, und nach zwanzig Minuten erreichten wir das grüne Haus, in dem die Frau wohnte, die für ihre Nachbarn Babette Halmar hieß.

»Man merkt schon, dass Sie bei der Polizei sind«, sagte Gabelsberger beim Aussteigen.

»Woran merkt man das?«, sagte Sonja.

»An Ihrem ... Fahrstil, wenn ich das sagen darf.«

»Bitte sperren Sie die Tür auf«, sagte sie.

Es kam mir vor, als würde es in Ismaning weniger regnen als in der Stadt und auch wärmer sein.

»Mir ist kalt«, sagte Sonja, da Gabelsberger mit dem Schlüssel im Schloss herumfriemelte.

»Jetzt!«, sagte er. »Das Ding klemmt manchmal, das kenn ich schon.«

Im Flur knipste er das Licht an. Und als Erstes sah ich die hellblaue Jeansjacke, möglicherweise das Geschenk für Tanja.

»Wären Sie so nett und würden in der Küche warten?«, sagte Sonja.

»Was genau suchen Sie denn?« Er sah sich um, und ich

bildete mir ein, er halte den Kopf ein wenig schief, um zu horchen.

Ich sagte: »Hat Frau Halmar jemals den Namen Ruth Kron erwähnt? Oder nur den Vornamen? Ruth.«

»Von dem hat doch das Mädchen gesprochen!«, sagte er und beobachtete Sonja, die im Wohnzimmer das Licht angeschaltet hatte und nun jedes Möbelstück unter die Lupe nahm.

»Kennen Sie den Namen Emmi Bregenz oder Amalie Bregenz?«, sagte ich.

Wir beide standen immer noch im Flur vor der halb geschlossenen Küchentür.

»Ich glaub nicht«, sagte er.

In der Küche hing ein muffiger Geruch. Ich kippte das kleine Fenster, vor dem eine Schale mit Erde, aus der nichts wuchs, und drei Keramikfiguren standen, zwei Harlekine und ein Maler mit Baskenmütze und Palette.

»Was hats mit dem Namen Ruth auf sich?«, sagte Gabelsberger. Ratlos war er an der Tür stehen geblieben.

»Setzen Sie sich doch«, sagte ich.

»Danke«, sagte er und setzte sich auf den Stuhl gegenüber der Spüle. Im nächsten Moment stand er auf, öffnete den Reißverschluss seines Anoraks, strich sich über die am Kragen verrutschte Krawatte, ohne sie gerade zu ziehen, und setzte sich wieder.

»Wir gehen davon aus, dass Babette Halmar in Wahrheit Ruth Kron heißt«, sagte ich.

»Warum denn?« Aufgeregt stemmte er die Hände auf die Oberschenkel und begann, hektisch zu blinzeln.

Eine Weile sah ich ihm zu. Es gelang ihm nicht, sich zu beruhigen. Er rieb die Hände an der Hose, räusperte sich, wie bei der Herfahrt, als wolle er etwas sagen, und Schweißtropfen rannen ihm über die Schläfen. Er klopfte mit den Schuhen auf den Boden, abwechselnd mit beiden Füßen, in rascher Folge.
»Möchten Sie ein Glas Wasser trinken?«, sagte ich.
Aus dem Wohnzimmer hörte ich ein Schaben und Quietschen, wie von einer schweren Holzschublade, die herausgezogen wurde.
»Das heißt ja, sie ist jemand ganz anderes«, sagte Gabelsberger mit gepresster Stimme. »Ruth Kron. Ist sie Jüdin?«
»Nein«, sagte ich.
»Klingt doch jüdisch, der Name, finden Sie nicht?« Er hörte auf, an seiner Hose zu reiben, und bemühte sich, aufrecht zu sitzen. Möglicherweise hatte er Rückenschmerzen. Unter Stöhnen zog er den Kopf zwischen die Schultern und stemmte die Hände in die Hüften.
»Nein«, sagte ich.
»Nein«, sagte er. »Stört es Sie, wenn ich aufsteh? Auf diesem Stuhl halt ichs nie lang aus, das ist ja mehr ein Hocker.« Er stützte sich mit einer Hand auf den Tisch und wuchtete sich in die Höhe. »Ich muss abnehmen. Ich geh zur Massage, aber das hilft immer nur vorübergehend.« Schwerfällig drehte er sich einmal im Kreis, dann streckte er den Arm aus und berührte mit den Fingerspitzen die Kühlschranktür. »Ich muss Ihnen was sagen.«
Zuerst wandte er mir nur den Kopf zu, dann, nach mehreren tiefen, angestrengten Atemzügen, den Rest des

155

Körpers. Und ich hatte den Eindruck, er sacke, seit wir diese Wohnung betreten hatten, immer mehr in sich zusammen. Flüssigkeit tropfte aus seinen Augen, sein feistes Gesicht schien zu schrumpfen und eine gelbliche Farbe anzunehmen. In seinem grauen Anorak und dem grauen Hemd unter der verrutschten Krawatte, mit seinen hängenden Schultern und seiner ruckelnden Motorik hätte er ein Bahnhofsbewohner sein können, der von einem Stehtisch aus den Zügen und den Tagen hinterher sieht und einmal in der Woche ein städtisches Bad aufsucht, um sich etwas Gutes zu gönnen oder überhaupt etwas zu tun. Man hätte ihn nicht für einen Penner gehalten, nur für einen gestrandeten Mann, der die Orientierung verloren hat und seither nach einem Zeichen Ausschau hält, nach einem Hinweis, wo Gott steckte, weil er ihn fragen wollte, wieso dieser im ganzen Universum die Wegweiser abmontiert und den Strom abgeschaltet hat.

So wie Konstantin Gabelsberger vor mir stand, wankend von den Gewichten des Alters, mit zu viel Vergeblichkeit im Blick, hätte er, wäre plötzlich die Sonne aufgegangen, einen verschrumpelten Schatten geworfen. Und ich musste an Martin denken.

»Ich möcht mich bedanken«, sagte Gabelsberger und schnaufte. »Dafür, dass Sie bestimmte Sachen nicht erwähnt haben. Das ist nett von Ihnen, sehr rücksichtsvoll. Danke.«

»Sie meinen die Anzeigen wegen sexueller Belästigung«, sagte ich.

Ein rötlicher Schimmer färbte seine Wangen. Gabelsberger nickte.
Ich schwieg.
Auf der anderen Seite des Flurs kruschte Sonja weiter in Schubläden, ein Rascheln und Klirren drang herüber und zwischendurch ein Laut der Enttäuschung.
Gabelsberger unternahm einen neuen Versuch, den Rücken zu strecken. »Die Frauen haben mir Unrecht angetan.« Seine Schultern sackten schon wieder nach unten. »Belästigung war das nicht, das war ein Berühren. Sie müssen mir das glauben. Und ich bin ja auch nicht verurteilt worden. Der Richter hat mich freigesprochen, es war sogar eine Richterin! Die Frauen haben behauptet, ich hätt sie gezwungen, das hab ich nicht getan.«
»Als Hausmeister hatten Sie den Schlüssel zu einigen Wohnungen«, sagte ich. »Sie sind dort eingedrungen.«
»Stimmt. Deswegen hab ich meinen Job verloren.« Er tastete nach dem Tisch, beugte sich vor und hatte Mühe nicht danebenzugreifen. Keuchend richtete er sich wieder auf.
»Vielleicht sollten Sie sich hinlegen«, sagte ich.
»Geht ja jetzt nicht.«
»Ich bringe Sie nach Hause«, sagte ich. »Sie müssen nicht auf uns warten.«
»Doch!«, sagte er laut. »Entschuldigung.« Er schluckte mehrmals hintereinander und hustete abgehackt. »Doch, ich muss warten. Ich will wissen, was Sie rausfinden. Ich will das wissen. Auf jeden Fall. Also ...« Er schloss die Augen und riss sie auf, als fürchte er einzuschlafen. »Die

Frauen haben sich erschrocken, das geb ich zu. Ich hab auf sie gewartet, ich hab den Geruch gern um mich gehabt. Aber ich hab nicht in Schränken gewühlt! Nein! Oder im Schlafzimmer im Bett, so Dinge. Hab ich nicht getan!«
»Das weiß ich«, sagte ich, obwohl ich es nicht wusste.
»Die Frauen haben das aber behauptet! Die Frau Richterin hat ihnen nicht geglaubt. Zum Glück. Für mich zum Glück. Die waren auch allein, die Frauen, die hätten gern einen Mann gehabt, einen, der was kann, der im Haushalt was repariert, der keine zwei linken Hände hat, der Lampen anschließen und Bilder und Wandschränke aufhängen kann. Mit mir hätte eine einen guten Fang gemacht. Dann hab ich den Job verloren, das war das Aus. Mein Name ist in der Zeitung gestanden, in einer war sogar ein verwackeltes Bild von mir. Bis heut weiß ich nicht, wo die Schweine das herhatten. Ich war vorverurteilt. Aber dann bin ich nicht verurteilt worden. Auch nicht wegen unerlaubten Betretens oder so was.«
»Wegen Hausfriedensbruch«, sagte ich.
»Ich hab keinen Hausfrieden gebrochen«, sagte Gabelsberger. Inzwischen lief ihm der Schweiß übers Gesicht. Dabei war die Heizung ausgestellt, und durch das gekippte Fenster zog kühle Nachtluft herein.
»Kannst du mal kommen?«, rief Sonja aus dem Wohnzimmer.
»Sie haben die Wohnungen nicht verlassen, obwohl die Mieterinnen Sie dazu aufgefordert haben«, sagte ich.
»Stimmt«, sagte Gabelsberger. »Ich wollt sie überzeugen,

dass sie nichts zu befürchten haben, ich wollt mit ihnen reden.«
»Sie haben die Frauen geküsst und berührt.«
»Schon.« Für Sekunden bekam seine Stimme ein Volumen. »Ich hab ihnen ein Bussi gegeben und den Arm um sie gelegt. So rum. Und die haben dann behauptet, ich hätt ihnen an die Brust gegriffen. Lüge! Nicht an die Brust und nicht woanders hin. Ich hab sie umarmt. Und weil ich vorher was getrunken hab und sie meine Fahne gerochen haben, haben sie geglaubt, ich bin ein brutaler Sexgangster. Ich war aber kein Gangster! Ich war ein ganz normaler Mann. In dem Haus war immer alles tiptop, ich hab mich um alles gekümmert, ich war immer erreichbar, auf mich hat sich jeder verlassen können! Ich hab auf die Viecher aufgepasst und auf die Kinder. Und ich hab alle gleich behandelt. Die Ausländer wie die Einheimischen. Ich bin kein Gangster! Ich war auch keiner!«
»Ja«, sagte ich. »Und Frau Halmar hat das auch nie von Ihnen gedacht.«
»Wissen Sie, wann ich die getroffen hab? Zum ersten Mal? Hab ich Ihnen das schon erzählt?«
»Ja«, sagte ich und ging zur Tür.
»Das war am selben Tag, als ich in dem Supermarkt im Lager angefangen hab! Am selben Tag! Und das war ein Geschenk, dass die Babett mich getroffen hat. Sie wär sonst gestorben, haben Sie das gewusst?«
»Ich bin gleich zurück«, sagte ich.
»Das muss ich Ihnen erzählen, Herr Kommissar, das ist wirklich so passiert, auch wenn Sies mir nicht glauben.«

»Ich glaube Ihnen«, sagte ich.
Im Flur fiel mein Blick auf einen dunklen Vorhang, den ich bisher nicht bemerkt hatte. Ich zog ihn zur Seite. Dahinter stapelten sich drei Flaschenkästen mit verschiedenen Säften, obenauf lag ein beiger Koffer mit Lederriemen und einem ausziehbaren Griff. Ich öffnete die Schlösser. Der Koffer war mit einem rosafarbenen Handtuch ausgelegt und leer. Ich ging zu Sonja und berichtete ihr davon.
»Keine Fotos«, sagte Sonja anschließend. »Ich hab kein einziges gefunden. Dafür was anderes.«
Sie gab mir ein unliniertes Blatt und eine in Leder gebundene Mappe mit einem Schreibblock und Kuverts darin. Auf dem Blatt stand in akkurater Schrift der Name einer Pension und die Adresse.
»Die Tulbeckstraße liegt im Westend«, sagte Sonja. »Dort, wo dieses Mädchen die Frau gesehen haben will. Aber wieso hat der Wirt die Frau in der Zeitung nicht wiedererkannt? Oder einer seiner Gäste?«
»Vielleicht liest dort niemand Zeitung«, sagte ich.
Sonja reagierte nicht auf die Bemerkung. Wenig später erfuhr ich, dass in der Pension natürlich eine Zeitung auslag. Nur keine deutsche, sondern eine türkische.

Dann fanden wir das Buch. Es lag auf einer roten, abgegriffenen Bibel, deren Seiten vergilbt und teilweise eingerissen waren, in einem Schränkchen neben dem Bett. Es war ein einfaches Taschenbuch, dessen weißes Cover einen Mann in gelben Hosen und einem blauen

Schlafrock zeigte, der in einem Koffer über eine orientalisch anmutende Gegend flog. Aus dieser Sammlung von Märchen hatte Konstantin Gabelsberger seit mehr als zehn Jahren vorgelesen.
»Sie hat es aus einem Kaufhaus«, sagte er und schaute sich, schon zum zweiten Mal, im Schlafzimmer um.
»Sie waren noch nie hier drin«, sagte ich.
»Nein«, sagte er. »Sie setzt sich immer im Wohnzimmer auf die Couch, legt ein Kissen auf den niedrigen Glastisch und ihre Beine darauf und hört zu. Zwei Stunden. Immer. Danach reden wir noch ein bisschen, und dann geh ich.«
»Warum, glauben Sie, hat sie Ihre Heiratsanträge abgelehnt?« Ebenso wie ich wagte auch Sonja nicht, sich aufs Bett oder in den Sessel zu setzen.
»Das macht jetzt nichts mehr«, sagte Gabelsberger und stellte sich in den Türrahmen, als dürfe er das Zimmer nicht ohne Babettes Erlaubnis betreten.
»Sie hat nie geheiratet«, sagte ich.
»Nein«, sagte Gabelsberger. »Sie ist allein geblieben. Wie ich. Keine Familie. Meine Eltern sind auch schon lang gestorben. Und mein Bruder hat sich nach Kanada abgesetzt, von dem hab ich seit dreißig Jahren nichts gehört. Es geht auch so. Sind Sie verheiratet? Entschuldigung, das geht mich gar nichts an.«
»Ich bin nicht verheiratet«, sagte ich.
Wie erwartet, ging Sonja nicht auf die Frage ein. Sie roch an den bodenlangen Vorhängen mit den Rosenmotiven und den Stores. Mit einer schnellen Bewegung wandte

sie sich zu Gabelsberger um. »Hat Frau Halmar eine Putzfrau?«
Überrascht von der direkten Frage räusperte er sich. »Putzfrau? Nein, sie macht alles selber. Sie lässt niemand in die Wohnung. Nur mich. Mich schon.«
»Und Verona Nickel«, sagte ich.
»Nur bis in den Flur!« Mahnend hob Gabelsberger die Hand. »Nicht weiter. Nicht mal bis in die Küche, wo die Sachen ja hinmüssen. Das weiß ich. Ich bin der einzige Mensch, der bis in ihr Wohnzimmer vordringen darf.«
»Weil Sie ihr das Leben gerettet haben«, sagte ich.
»Woher wissen Sie das?«
»Sie haben es mir erzählt, als Sie das erste Mal ins Dezernat kamen.«
»Stimmt!«, sagte er und senkte den Kopf.
Nach einem Schweigen sagte Sonja: »Keine Notizbücher, keine persönlichen Aufzeichnungen, eine sauber geputzte Wohnung. Abgesehen von den Tintenklecksen auf dem Tischtuch im Wohnzimmer.«
»Merkwürdig«, sagte ich. »Warum hat sie das Tischtuch nicht ausgewechselt? Sonst sind nirgendwo Flecken zu sehen.«
»Die waren das letzte Mal noch nicht«, sagte Gabelsberger.
»Bitte?«, sagte Sonja. »Wann waren Sie das letzte Mal hier?«
»Am ersten Samstag im März«, sagte er sofort.
»Vielleicht haben Sie die Flecken nicht bemerkt«, sagte ich.

»Ich sitz immer neben dem Tisch! Ich hätt die gesehen! Die sind doch groß! Die waren da nicht. Sie hat halt was geschrieben.«
»Schreibt sie manchmal etwas?«, sagte ich.
»Nicht, wenn ich da bin.«
»Einen Füllfederhalter oder ein anderes Schreibgerät, bei dem Patronen verwendet werden, hab ich nicht entdeckt«, sagte Sonja. »Nur Kugelschreiber, massenhaft Kugelschreiber.«
»Sie kauft immer welche«, sagte Gabelsberger. Die Worte kamen ihm nur noch mühselig über die Lippen. »Sie sammelt so Kleinzeug, das sehen Sie ja, die Figuren, die Puppen, die Viecher, sieht ja hübsch aus. Steht aber bloß rum. Überall stehts rum. Ich glaub, ich muss jetzt nach Haus, ich krieg eine Erkältung von dem Regen.«
»Einen Moment«, sagte ich. In den vergangenen fünf Minuten hatte ich nebenher in dem Buch geblättert. »In der ganzen Welt gibt es niemand, der so viele Geschichten weiß wie der Schlafgott«, las ich. »Nun wollen wir hören, wie der Schlafgott eine ganze Woche lang jeden Abend zu einem kleinen Knaben, der Hjalmar hieß, kam und was er ihm erzählte. Es sind im ganzen sieben Geschichten, weil es sieben Wochentage gibt.«
Sonja nahm mir das Buch aus der Hand. »Wie heißt der Junge? Halmar?«
Ich sagte: »Hjalmar.«
»Ja«, sagte Gabelsberger und machte behutsam einen Schritt ins Zimmer auf uns zu. »Das hab ich früher schon zu ihr gesagt. Dass der Junge so heißt wie sie, fast genau-

so, mit einem j halt dazwischen. Das ist doch ein Zufall, finden Sie nicht?«

»Ich glaube nicht«, sagte ich.

Sonja sah von dem Buch auf, und Gabelsberger wischte sich verblüfft übers schweißnasse Gesicht.

»Vorn steht, wo Hans Christian Andersen geboren ist«, sagte ich. »Auf der Insel Fünen.«

»Und?«, sagte Sonja.

»In der Geburtsurkunde von Babette Halmar, von der wir annehmen müssen, dass sie gefälscht wurde, steht der Mädchenname ihrer Mutter. Fünen. Und die Geschichte vom Schlafgott kennt sie, seit sie ein kleines Mädchen war. Das wissen wir von Emmi Bregenz. Nein, Herr Gabelsberger, Ihre Freundin hat ihren Namen aus einem Märchen, ihr Vorname ist tatsächlich Ruth, so wie Tanja Vogelsang gesagt hat.«

»Aber ...« Gabelsberger hustete stoßweise. »Wieso hat sie denn ihr den richtigen Namen gesagt und mir nicht? Und allen anderen auch nicht. Sie hat doch immer Babett geheißen in Ismaning. Wieso?«

Und als wir ihn vor dem achtstöckigen Mietshaus mit der rosafarbenen Fassade absetzten, sagte er wieder: »Wieso? Wieso macht die das, und niemand merkt was? Das ist doch strafbar, oder nicht? Das ist doch ein Verbrechen fast. Und jetzt, wo ist sie? Ich muss mit ihr reden. Ich werd sie zur Rede stellen! Und ich hab sie noch gesehen, mit der grünen Tasche, am Bahnhof. Wo wollt die denn hin?«

»Ganz bestimmt grün«, sagte der Mann am Telefon. »Übrigens sind wir uns schon mal begegnet.«
»Wo denn?« Der Anruf kam zwei Tage nachdem wir die Sache mit dem Namen entschlüsselt hatten.
»Am Ostbahnhof.«
Ich schwieg.
»Sind Sie noch dran, Herr Süden?«
»Natürlich«, sagte ich.
»Ich geb die Tasche im Reichenbachkiosk ab, da können Sie sie abholen.«
»Ich möchte sie gern aus Ihrer Hand bekommen«, sagte ich.
»Geht nicht, muss weiter.«
»Ich gebe Ihnen eine Belohnung, Bogdan.« Das war der Name, den er seinerzeit bei unserem Treffen im Bahnhofslokal genannt hatte. Danach hatte ich ihn nie wieder gesehen, und das trieb mich um. Die Art, wie er sich übers Gesicht strich und dann die Hand vor den Mund hielt, hatte mich an meinen Vater erinnert, und ich wollte unbedingt noch einmal mit Bogdan reden, nur um ihm zuzusehen. Als er später einmal wegen einer anderen Sache im Dezernat anrief, war ich nicht im Büro.
»Wie gesagt, die lag unter der Reichenbachbrücke, und ich hab mich an den Bericht in der Zeitung erinnert, ich les ja jeden Tag die einschlägigen Blätter, man will ja wissen, welche Klientel einem in Zukunft auf der Platte begegnet.«
»Unbedingt«, sagte ich.
»So kreuzen sich unsere Wege«, sagte Bogdan.

Ich sagte: »Haben Sie aus der Tasche etwas rausgenommen? Geld interessiert mich weniger, ich meine Papiere, persönliche Dinge.«
»Nein«, sagte er. »Die Tasche ist leer. Ein paar Zettel liegen drin. Hat wahrscheinlich ein Kumpel schon ausgeleert. Kann ja sein, dass sie gar nichts mit Ihrem Fall zu tun hat.«
»Kann sein«, sagte ich.
»Viel Glück!«, sagte er und legte auf.
Mein Vater war achtundzwanzig Jahre zuvor verschwunden, an einem Sonntag zwei Tage vor Heiligabend. Und dann tauchte Bogdan auf, und mein Herz veränderte seinen Rhythmus. Das tut es noch heute, wenn ich an ihn denke.

»Soll schöne Grüße bestellen«, sagte der Kioskbesitzer. Wie er mir versicherte, hatte er den Mann, der die Tasche abgegeben hatte, vorher noch nie gesehen. »Er hatte einen alten Lederhut aufm Kopf und einen Mantel an, so einen runtergerissenen, grauen.«
Wie der Sandler damals am Ostbahnhof.
Ich kaufte eine Flasche Augustinerbier und stellte mich hinter das Häuschen ans Brückengeländer, von wo aus man auf die Isarwiesen und den Fluss sehen konnte. Mit mir feierten drei im Gegensatz zu mir bereits stimmungsvoll bebierte Männer die vorübergehende Regenpause.
In die Reisetasche war ein durchsichtiges Plastikschildchen eingenäht, in dem ein Zettel steckte, beschrieben

mit kleinen, akkuraten Buchstaben: Babette Halmar, Am Englischen Garten 1, 85737 Ismaning.
Ich trank das Bier und holte mir eine zweite Flasche.
Trotz des Auffindens der Tasche und einiger anderer Fahndungserfolge, die uns am Vortag gelungen waren, dauerte es noch einen ganzen Monat, bis sich die Tore dieser verschlossenen, abweisenden Festung von einem Fall für uns öffneten.

11

Er saß beim Frühstück in einem Kellerlokal am Sendlinger Tor, hörte einem Mann zu, der ihm erklärte, dass der Dritte Weltkrieg längst begonnen habe und wir alle Mitläufer und Täter und verantwortlich für das Ende der Welt seien, und rauchte. Und frühstückte: helles Bier und ein schwarzes Getränk, das nicht so aussah, als tummelten sich darin Vitamine oder Zerealien.
»Was ist das?«, fragte ich ihn.
»Frühstück«, sagte Martin Heuer.
Der lange Atem des Mannes in der Nische am Nebentisch wehte zielstrebig zu uns herüber. »... Und die Araber dann werden von den Asiaten abgeschlachtet und dann ... dann kommen sofort die Afrikaner, sofort. Und dann ... dann ist lang nichts. Evolution im Wartestand. Und dann ... dann kommen wir wieder, möglicherweise ... eher nicht. Jetzt hätten wir noch eine Chance, jetzt.«
Magnetisch floss das Weizenbier aus seinem Glas, das sich in seine Hand schmiegte, in ihn hinein. »Aber wir wollen nicht leben ... wir wollen die Vernichtung. Weil wir uns aufgegeben haben ... Was wir uns von der Politik gefallen lassen, das glaubt uns später niemand. Wenn sie die gebunkerten Videos finden, die Außerirdischen ... Wenn der Marsmann kommt ... Kein Gott wird uns das je verzeihen ... Da lachst du ...«
Ich sagte: »Ich lache nicht.«
Missmutig stimmte er schließlich in mein Schweigen ein, wandte sich ab und starrte zum Winkel an der Decke hin-

auf, wo kein geschnitzter Heiland hing. An den dunklen Tischen saßen vereinzelt Gäste, ein älteres Paar, sonst nur Männer, gekrümmte Gestalten, die in dem großen verwinkelten Raum kaum auffielen. Es war nach drei Uhr morgens.

Am Nachmittag hatte ich Martin am Telefon erreicht, aber er war nicht bereit gewesen, mit mir zu sprechen. Wahrscheinlich, meinte er, würde er am Abend in das Gasthaus am Sendlinger Tor gehen, weil er dort schon lang nicht mehr gewesen sei. Ich fragte ihn, wie es ihm gehe, und er erwiderte: »Schlecht.« Und das war alles, was er zu seinem momentanen Zustand zu sagen hatte.
Abends tippte ich im Büro, das nur eine U-Bahnstation von dem Lokal entfernt lag, meine Aufzeichnungen ab, telefonierte noch einmal mit dem Leiter der Einsatztruppe, die den Sonntag über mit einem Suchhund an den Isarufern unterwegs gewesen war, jedoch ohne Erfolg. Zurzeit, sagte der Kollege, führe die Isar eine Menge Schmelzwasser aus den Bergen, an einigen Stellen sei der Fluss daher ungewöhnlich tief. Allerdings wäre die Leiche, falls Babette Halmar ertrunken war, spätestens am Stauwehr in Oberföhring entdeckt worden.
Wie die grüne Reisetasche unter die Reichenbachbrücke gelangt war, wussten wir nicht. Fest stand immerhin, dass es jene war, die die alte Frau bei sich trug, als sie Ismaning am vierundzwanzigsten März verlassen hatte. Sowohl der griechische Ladeninhaber am S-Bahnhof als auch Konstantin Gabelsberger identifizierten die Tasche

eindeutig, beide erinnerten sich an die kleine grüne Schleife am Reißverschluss der Außentasche, ein zehn Zentimeter langes Stück Kräuselband.
Und Ibrahim Söruk erinnerte sich ebenfalls daran.

»Ich mach keinen Urlaub«, sagte Martin Heuer zum vierten Mal. »Ich bin krank geschrieben bis Ende nächster Woche. Ich hab einen grippalen Infekt.«
»Nein«, sagte ich. Das Bier schmeckte mir nicht. Aber ich wollte nicht so tun, als wäre ich nur gekommen, um ihn zu belehren, auf ihn einzureden, ihn zu maßregeln.
Also stieß ich mit meinem Glas gegen seines, sagte: »Möge es nützen!« und trank und schaute ihn an und schaute an ihm vorbei in den verdunkelten Teil der Gaststube, aus dem die Bedienung gelegentlich auftauchte.
Weswegen hatte ich sonst die Zeit an meinem Schreibtisch abgesessen, die Berichte über die Befragung von Emmi Bregenz und Maria Seberg wieder und wieder gelesen, dazu Söruks Aussage, und seitenweise Protokolle durchgeblättert, wenn nicht, um hernach meinem besten Freund ins Gewissen zu reden?
Was für ein lächerlicher Gedanke. Was für ein Selbstbetrug.
Noch nie in all den Jahren unserer Freundschaft, die uns mehr oder weniger seit unserem ersten Geburtstag verband, hatte er, was seine körperliche und seelische Verfassung betraf, einen Rat von mir befolgt. Meist hatte er nach ein paar Worten abgewinkt, das eine oder andere Mal hatte er mich einfach stehen lassen und sich danach

tagelang nicht gemeldet. Manchmal hatte er mir bis zum Ende zugehört, und ich hatte nicht begriffen, dass er nur nett oder höflich sein wollte. Mit Martin Heuer über Dinge wie Gesundheit und Krankheit und die alltäglichen Sorgen eines vor sich hin alternden Mannes zu sprechen hieß Selbstgespräche zu führen, und zwar in einem schallisolierten Raum.
»Thon ist einverstanden«, sagte ich. »Du hast von heute an Urlaub. Und wenn du im Büro auftauchst, erschieße ich dich.«
Die Bemerkung war mir nur so herausgerutscht. Vielleicht, weil die Vorstellung, ein fünftes Bier zu trinken, in meinem Hirn Blödigkeit verursachte. Vielleicht, weil die Erinnerung an unsere Kindheit, die ganz kurz in mir auflloderte, mich einen kindischen Augenblick lang ablenkte.
Und Martin meinte nach einem tiefen Zug an seiner Salemohne und mit gleichgültigem Blick auf den verstummten Apokalyptiker in der Nische: »Das besorg ich notfalls schon selber. Trinken wir noch eins?«
Ach, Martin.
Wir tranken noch drei. Und mit einem Mal wirkte er neugierig, beinah munter, und er frühstückte ein weiteres schwarzes Getränk.
»Und den Mann konnte er nicht beschreiben?«, sagte Martin und rauchte und beugte sich über den Tisch, damit ich nicht laut sprechen musste.
»Sehr schlecht jedenfalls«, sagte ich.

»Sie haben ihn doch gesehen«, sagte ich. »Wie groß war er denn?«
»Weiß nicht.«
»Größer als ich?«
»Weiß nicht. Ja. Oder?« Er grinste unter seinem fransigen Schnurrbart und zeigte auf das Bett. Was er damit ausdrücken wollte, war mir nicht klar.
In der Pension roch es nach gekochtem Fleisch und Gewürzen. Aus einem Radio erklang türkische Musik. Auf den Fluren lagen abgetretene Teppiche in Rot- und Blautönen. Die Wände zierten gerahmte Schwarzweißbilder mit – soweit ich das im Licht der Funzel, die in jedem der zwei Stockwerke von der Decke hing, erkennen konnte – Ansichten arabischer Landschaften.
»Herr Söruk«, sagte ich. »Sie sind ein Zeuge, Sie müssen mir antworten.«
»Die Frau hat bezahlt«, sagte Ibrahim Söruk. »Die Frau hat gewartet, unten in Frühstücksraum, Sie haben gesehen, habe Ihnen Platz gezeigt, hat gewartet und Tee getrunken. Dann ist Mann gekommen, die Frau ist mit ihm nach oben gegangen, Zimmer vierzehn, diese Zimmer. Sie sehen, schöne Zimmer. Oder?«
»Ja«, sagte ich.
Links an der Wand befand sich ein Doppelbett mit einer schweren dunkelroten Decke, daneben standen zwei Nachtkästchen in hellem Holz, an der rechten Wand ein viereckiger Holztisch mit einer weißen Decke und einem kleinen Plastikblumentopf mit Vergissmeinnicht darauf. Drei Stühle, einer davon ein Korbsessel, und ein Schrank

bildeten den armseligen Rest der Einrichtung. Hinter der Tür entdeckte ich ein Waschbecken und einen Spiegel.
Als wir das Zimmer betraten, hatte Sonja gesagt: »Keine Dusche? Keine eigene Toilette?«
»Gleich hier rechts!« Sörük hatte auf eine Flurtür gezeigt, direkt neben dem Zimmer. Auf einem grauen Schild stand: Privat. »Alles sauber, jedes Zimmer frisch. Gäste kommen immer gern, alte Gäste auch, noch von vorher, von Frau Griesmayr.«
Von der ehemaligen Pächterin hatte Sörük den Namen der Pension in der Tulbeckstraße übernommen: »Pension Ida«. Für Sonja Feyerabend waren solche Unterkünfte eine Bestrafung, eher hätte sie unter der Reichenbachbrücke übernachtet.
Nach den Angaben des Türken hatte Babette Halmar das Zimmer vom vierundzwanzigsten bis zum sechsundzwanzigsten März gemietet, ihr Begleiter aber verließ das Haus bereits am Sonntag, dem fünfundzwanzigsten.
»Schwöre«, sagte Sörük. »Mann nur eine Nacht. Bitte, Frau hat bezahlt, sehr angenehme Person, erklärt, sie trifft Schulfreund, Freund von früher, lange nicht gesehen, ist vertraulich alles, sagt die Frau. Mann verheiratet, sie auch verheiratet, niemand darf wissen. Ich sage, Sie sind ehrenwerte Dame, ich kenne die Gäste, viele Gäste erlebt, diese Frau kein Problem. Sie bezahlt, gibt Trinkgeld, fünfzig Euro extra! Ich sage, ich bitte Sie, Sie bezahlen einhundertzwanzig Euro für zwei Nächte, das ist normaler Preis. Aber sie gibt fünfzig extra. Ich wollte nicht, sie hat Geld nicht zurückgenommen. Sie sagt,

geheim, ich darf niemand erzählen. Jetzt erzähle ich, weil Sie Polizei sind und ich helfen will. Aber sonst habe ich niemand erzählt, kein Wort, nicht mal meiner Frau, die arbeitet in Küche, kocht, macht Frühstück, gutes Frühstück, wenn Sie wollen, sie macht, ist erst ein Uhr, kein Problem, frische Wurst, Käse, Eier, wenn Sie möchten, auch Müsli, für die Dame.«

»Nein, danke«, sagte Sonja Feyerabend. »Der Mann, den Sie gesehen haben, der war krank?«

»Krank, ja«, sagte Sörük. »Sehr langsam gegangen, gut gekleidet, Mantel, Hut. Aber sehr alt. Hat Stock zum Gehen. Und oft die Hand hier ...« Er hielt seine Hand an die linke Brustseite. »Scheint mir, er hat Schmerzen gehabt, starke Schmerzen. Wenig gesprochen. Grüß Gott, das war alles. Beim Gehen auf Wiederschaun.«

»Wann am Sonntag ist er gegangen?«, sagte ich.

»Vormittag, halb elf, elf. Hut, Mantel. Stock auch. Er ist nicht wiedergekommen.«

»Hatte er eine Tasche dabei?«, sagte Sonja.

»Plastiktüte. Nicht wie Frau Tasche. Nichts dabei.«

»Und die beiden haben Ihre Pension in der Nacht nicht verlassen«, sagte ich.

Sörük deutete wieder auf das Bett. »Nein. Ich bin wach bis zwei Uhr, niemand ist gegangen, ein Gast ist gekommen, um halb zwei. Sehr betrunken, sehr lustig. Zu viel Starkbier.«

Unter seinem Schnurrbart wieselte ein Grinsen vorbei.

»Und die Frau hat den Namen des Mannes nicht genannt«, sagte ich.

»Nein, bestimmt nicht. Schwöre.«
»Was hat die Frau getan, nachdem der Mann gegangen war?«, sagte Sonja und zupfte sich mit Daumen und Zeigefinger an der Nase. Ansonsten nahm sie ihre Hände nicht aus der Manteltasche. Die Abschätzigkeit in ihrem Blick war nicht zu übersehen, zumindest nicht für mich.
»Ist im Zimmer geblieben«, sagte der Wirt.
»Den ganzen Tag?«, sagte Sonja.
»Den ganzen Tag. Mischa sagt, sie hat weinen gehört, die Dame. Mischa ist Zimmermädchen aus Ukraine, sehr zuverlässig, seit drei Jahren bei mir. Hat legale Aufenthaltsgenehmigung, alle Papiere in Ordnung. Ist verheiratet mit deutschem Mann, Kfz-Mechaniker, Landsberger Straße.«
»Wann hat Mischa die Frau weinen hören?«, sagte Sonja.
»Am Sonntag«, sagte Söruk und sah mich an. »Sie hat geputzt nebenan. Hat sie weinen gehört, hat geklopft und gefragt, was ist. Die alte Dame hat geantwortet, alles okay, nur ein wenig traurig. Dann sie hat aufgehört zu weinen, hat Mischa gesagt.«
»Ich würde gern mit Mischa sprechen«, sagte ich.
»Telefonnummer unten«, sagte Söruk. »Soll ich holen? Sie können gleich mit Handy anrufen bei ihr, hat frei heute, heute macht meine Frau und ihre Schwester sauber. Mischa hat zwei Tage frei in der Woche, heute und gestern, normal Samstag, aber sie hat Besuch. Ich hol Telefonnummer sofort.«
»Später«, sagte ich. »Wir haben kein Handy.«
Söruk grinste. »Kein Handy bei Polizei? Warum nicht?«

»Wir kommen auch so zusammen«, sagte ich. »Frau Halmar ist am Sonntag im Zimmer geblieben, hat sie nichts gegessen?«
»Nicht bei mir.«
»Kein Frühstück?«, sagte Sonja. »Kein Müsli?«
»Nichts gegessen«, sagte Söruk mit einem schnellen Blick auf Sonja. »Nichts gegessen, nichts getrunken. Einige Gäste bringen Getränke mit, sie auch, kann sein.«
»Mischa hat keine leeren Flaschen gefunden«, sagte ich.
»Weiß nicht«, sagte Söruk. »Müssen Sie fragen.«
»Und am Sonntag hat Frau Halmar gegen Mittag das Hotel verlassen«, sagte Sonja und schniefte.
»Wie ich Ihnen erklärt, ja, mittags, hat sich bedankt und dann weg, sehr höflich bedankt. Und gut gerochen.«
»Bitte?«, sagte Sonja.
»Duft, sie hat Duft genommen, Parfüm, sehr schönes Parfüm.«
»Haben Sie sie nicht gefragt, wie es ihr gefallen hat?«, sagte ich. »Und wie es ihrem Begleiter geht?«
»Doch.« Verlegen kratzte sich Söruk an der Wange. Er war ein dünner Mann Mitte fünfzig, in einem dunklen Cordsakko und schwarzen Stoffhosen, der wenig Aufhebens um seine Person zu machen schien. »Ich habe gefragt, sie hat gesagt, gut. Gut. Geht gut, Mann, und ihr hat gut gefallen. Ich habe gemerkt, nicht fragen, ist besser, sie will nicht sprechen, dann frage ich nicht. Ich kenne Gäste, wenn reden wollen, ich rede, wenn nicht, ich still. Frau sagt, geheim, ich entschuldige mich für Frage, sie sagt danke, viele Male: danke. Ich sage auch

danke. Dann sie geht. Ich habe nicht gewusst, dass sie von der Polizei gesucht wird, nichts gelesen in Zeitung.«
»Wie viele Gäste waren an dem Wochenende bei Ihnen?«, sagte ich.
»Großes Buch, kann ich holen. Nicht viele. Drei, vier. Am Wochenende meist nicht viele Gäste. Alle bei Familie.«
Als wir das Zimmer verließen und Sonja eilig die Treppe hinunterging, sagte ich: »Woher kannte Frau Halmar Ihre Pension, Herr Söruk?«
»Ja«, sagte er. »Hab ich gefragt, sie sagt, von spazieren gehen, sie hat gesehen Name, Ida, hat ihr gefallen, hat sie an etwas erinnert.«
»An was hat der Name sie erinnert?«
»Weiß nicht, hab nicht gefragt. Oder hab vergessen. Möchten Sie Tee?«
Ich sagte: »Ich hätte gern die Nummer von Mischa.«

Martin dachte nach, schwenkte das Bier so lange im Glas, bis eine halbwegs erkennbare Schaumkrone entstand, und sagte: »Er darf das.« Dann trank er, blickte ins Glas und trank es aus. »Du hast kein Recht, ihn zum Reden zu zwingen.«
Ich schwieg.
Die Bedienung brachte den Nachschub und erinnerte uns daran, dass das Lokal in einer halben Stunde geschlossen werde.
»Vorher nehmen wir noch eins«, sagte Martin.
»Jetzt trinkst erst mal das«, sagte die Bedienung.

»Wo man auch hingeht«, sagte Martin, »überall ist München. Möge es nützen!«
Wir stießen an, tranken, und unsere Blicke trafen sich für einen Moment.
»Ich hab jetzt Urlaub!«, sagte er. »Ich kann leicht noch eins trinken.«
Dann schwiegen wir. Ich sah das Foto vor mir, das uns Maria Seberg unter Protest überlassen hatte, und ich sah das freudige Gesicht von Ibrahim Söruk, als er mit dem Finger darauf klopfte und rief: »Der Mann! Ich erkenne! Wo kommt Foto her? Ja, das ist Mann mit ehrenwerter Dame!«

Wir hatten das Foto in die Wohnung Am Lilienberg zurückgebracht, und wir standen vor der geschlossenen Tür des Schlafzimmers, und Maria Seberg sagte: »Da lass ich Sie nicht rein, da müssten Sie mich schon mit Gewalt wegtragen. Sie haben hier nichts zu suchen. Ich weiß nicht, wo die Frau Halmar ist, ich hab nichts mit ihrem Verschwinden zu tun, und mein Mann auch nicht.«
Und ich sagte: »Ihr Mann und Frau Halmar, die Ruth Kron heißt, wie Sie wissen, haben sich in einer Pension getroffen. Ihr Mann hat auf jeden Fall etwas mit dem Verschwinden von Frau Kron zu tun.«
Und Maria Seberg sagte: »Es gibt Dinge, die gehen niemanden was an. Auch nicht die Polizei. Ich hoffe, dass Frau Halmar nichts zugestoßen ist, aber sonst haben wir nichts mit ihr zu tun.«
Und Sonja sagte: »Sie heißt Ruth Kron.«

Und ich sagte: »Ich möchte, dass Sie und Ihr Mann morgen früh um zehn Uhr ins Dezernat kommen, wo wir eine offizielle Zeugenbefragung mit Ihnen durchführen werden.«
»Da können Sie lange warten«, sagte Frau Seberg.

»Und dann ist sie doch gekommen«, sagte Martin.
»Allein, ohne ihren Mann. Und sie ist vollkommen erschrocken, als Emmi und Max Bregenz auftauchten. Sie war so fassungslos, dass sie verstummt ist. Sie sind alle verstummt. Wir haben im Vernehmungsraum bei der Tür gestanden, und niemand hat sich bewegt. Und gerade, als ich sie auffordern wollte sich zu setzen, sagt Max Bregenz, der bei der Begrüßung keinen Laut von sich gegeben hat: ›Kommt der Schmarrn-Beni etwa auch noch?‹«

12

Mit Mühe war es mir gelungen, Erika Haberl, die Sekretärin der Vermisstenstelle, zu überreden, an diesem Sonntag eine Zeugenvernehmung zu protokollieren. Bei einer Absage, mit der ich durchaus rechnen musste, hätte ich Freya Epp gefragt, die erst einmal als Schreibkraft fungiert hatte, allerdings mit einer ebenso konzentrierten und distanzierten Einstellung wie Erika Haberl. Angesichts der ungewöhnlichen Dreier- beziehungsweise Fünferkonstellation war ich froh, dass die Sekretärin zugesagt hatte. Aufgrund ihrer Erfahrung zeigte sie auch bei den aberwitzigsten oder fürchterlichsten Aussagen keinerlei Reaktion, was nur die wenigsten Schreibkräfte schafften.

Kaum hatten sich Maria Seberg, Max Bregenz und Sonja an den Tisch gesetzt – Frau Bregenz und ich blieben stehen, sie in der Nähe der Tür, hinter dem Stuhl ihres Mannes, ich beim Fenster –, begann Maria Seberg in ihrer eigentümlichen Art mit dem Kopf zu zucken, und jeder von uns sah hin.

»Wir können uns den Aufwand sparen«, sagte die zierliche alte Frau mit der Ponyfrisur. »Ich werd eine Aussage machen und wieder gehen. Was die beiden Herrschaften hier wollen, weiß ich nicht, will ich auch nicht wissen.«

Einander vorgestellt hatte ich sie bereits in meinem Büro, und sie hatten sich kühl die Hände gegeben. Jetzt wollte ich ihnen ausführlicher als vorhin die Situation erklären. Doch Maria Seberg schnitt mir das Wort ab.

»Das ist jetzt nicht mehr wichtig, Herr Kommissar«, sagte sie und zögerte. »Soll ich langsamer sprechen?«
»Sprechen Sie, wie Sie möchten«, sagte Erika Haberl und warf mir einen Blick zu.
»Mein Mann hat Frau Kron getroffen, weil sie das so wollte. In einer Pension. Ich hab davon nichts gewusst, erst hinterher.«
Auf dem kahlen Kopf von Max Bregenz bildeten sich Schweißtropfen. Seine Frau legte ihm die Hand auf die Schulter und starrte aus ihren großen dunklen Augen auf die magere Frau.
»Sie hat ihm eine Mappe mit einem Bericht übergeben, in dem steht, wieso sie die ganzen Jahre so gelebt hat, wie sie gelebt hat. Mein Mann ...« Ihr Kopf zuckte, und mit einer hastigen Geste fuhr sie sich über die Stirn und schob die Haare beiseite. »Mein Mann war die Liebe von Frau Kron. Aber er hat sich für mich entschieden, und Frau Kron hat das akzeptiert, und zwar von Anfang an. Warum sie ...«
»Warum ...«, sagte Emmi Bregenz laut und drückte die Schulter ihres Mannes nach unten. Vor Schmerz verzog Max Bregenz das Gesicht, gab aber keinen Laut von sich.
»Warum hat sie das getan? Sie hat in Ismaning gelebt, fünfzig Jahre lang? Fünfzig Jahre, und sie hat uns in dem Glauben gelassen, dass sie tot ist? Du spinnst doch! Wieso sagst du so was? Sie müssen ihr das verbieten, Herr Kommissar! Schreiben Sie das nicht auf, was die da sagt! Das ist doch eine Lüge!«
»Es ist keine Lüge, Emmi«, sagte Maria Sebald und zog ihren grauen Popelinmantel gerade, den sie nicht hatte

ausziehen wollen, wie auch Emmi Bregenz ihren dunklen Mantel und Max Bregenz seine Wildlederjacke mit dem Pelzkragen anbehalten hatten. »Deine Schwester hat ihre Gründe gehabt, die stehen alle in dem Bericht, sie hat zwanzig Jahre damit rumgetan, sie hat sich nicht getraut, was aufzuschreiben. Am liebsten hätt sie alles vergessen. Aber das ... das war ihr nicht vergönnt, das Vergessen ...« Sie verstummte.

Erika Haberl tippte noch ein paar Sekunden in ihren Laptop, dann war es bis auf das Sirren der Neonröhre an der Decke still.

»Wo ist Ruth Kron?«, sagte ich.

Ich bekam keine Antwort.

»Frau Seberg«, sagte ich. »Wissen Sie, wo sich Ruth Kron aufhält?«

Wieder reagierte sie nicht. Und noch ehe ich einen Schritt tun konnte, ließ Emmi Bregenz die Schulter ihres Mannes los, trat auf Maria Seberg zu und gab ihr eine Ohrfeige, deren klatschendes Geräusch die Sekretärin aufschreien ließ.

»Tschuldigung«, sagte Erika Haberl sofort und vergaß in der Aufregung den Vorfall zu notieren.

Nachdem sie, von heftigem Schnaufen durch die Nase begleitet, mit zusammengepressten Lippen reglos verharrte, schob die korpulente Frau den Bauch vor und drückte ihr Kinn auf die Brust. Dagegen schien Maria Sebergs weiches Gesicht stilles Verzeihen auszudrücken. Der mit wütender Kraft ausgeführte Schlag schien sie nicht zu erschüttern. Mich hatte sie, seit sie begonnen

hatte zu sprechen, noch kein einziges Mal angesehen, nur Sonja und die Protokollantin.
»Sie ist tot!«, sagte Emmi Bregenz und straffte die Schultern. »Sie ist umgekommen, und das war ihre Strafe. Und jetzt halt dich für alle Zeit aus unseren Angelegenheiten raus! Hast du mich verstanden, Maria? Was damals war, ist vorbei! Die alten Geschichten liegen begraben unter der Erde, und da sollen sie bleiben. Und das weißt du!«
Nicht als Zustimmung, so schien mir, sondern weil sie nicht widersprechen und lieber still sein wollte, nickte Maria Seberg. Und während die Frau vor ihr, in deren Gegenwart sie noch kleiner und zerbrechlicher wirkte, weiter Worte auf sie niederprasseln ließ, legte sie die Hände auf den Tisch und faltete sie. Ihr Blick ruhte auf dem Tisch, auf den Plastikflaschen mit Wasser und den Gläsern, die Sonja statt der Pappbecher aus Thons Büro besorgt hatte.
Eine Faust in die Hüfte gestemmt, gestikulierte Emmi Bregenz mit der anderen Hand über Maria Sebergs Kopf. »Dein Mann ist schwer krank, und ihr habt es auch nicht leicht gehabt mit euerm Laden. Seid froh, dass ihr die Mühle hinter euch habt, wir sinds auch. Nicht?«
Ihren Blick bemerkte ihr in sich zusammengesunkener Mann erst, als sie seinen Namen sagte.
»Was sind wir?«, sagte er.
Unwirsch wandte sich Emmi wieder an Maria. »Und damit belassen wir die Sache und gehen nach Hause.«
»Wir gehen nicht nach Hause«, sagte ich. Und bevor Emmi Bregenz von neuem ansetzte, fügte ich hinzu:

»Entweder Sie nehmen Platz oder Sie stellen sich wieder an die Tür.«
Emmi wollte etwas erwidern.
»Frau Bregenz«, sagte ich. »Sie können nicht mehr weglaufen.«
Schritt für Schritt, als betrete sie riskanten, unbekannten Boden, bewegte sie sich auf ihren Mann zu. »Ich lauf nicht weg«, sagte sie mit einer Stimme, die plötzlich gedämpft und gepresst klang.
»Sie wissen nicht, wo sich Frau Kron aufhält«, sagte ich zu Maria Seberg.
Es dauerte eine Weile, bis sie antwortete. Inzwischen stand Emmi Bregenz wieder hinter ihrem Mann. Und ich fand es komisch und berührend zugleich, wie er das Gesicht verzog, als sie erst eine Hand auf seine Schulter legte und dann die andere, um sich wie erschöpft oder auf ihre Art zärtlich auf ihn zu stützen.
»Sie wollt verreisen«, sagte Maria Seberg. »Wir haben uns nicht gesorgt, mein Mann und ich. Sie ist bestimmt irgendwo am Meer.«
Ich sah Emmi Bregenz an. Und ich sah ihre Finger, die sich in die Jacke ihres Mannes krallten. Und ihre Augen waren groß und furchtsam.
»Natürlich müssen wir auch mit Ihrem Mann sprechen.« Ich wartete. »Würde es Ihnen etwas ausmachen mich anzuschauen, Frau Seberg?«
»Ja«, sagte sie.
»Warum?«, sagte ich.
»Wenn Sie mich anschauen, hab ich Angst, ich sag was,

was ich nicht sagen will.« Sie hob den Kopf. Und in ihrem Blick lagen nicht weniger Schatten als in den dunklen Augen von Emmi Bregenz.
»Was Ruth Kron betrifft, müssen Sie uns alles erzählen«, sagte ich. An dieser Stelle wünschte ich, Sonja würde sich einschalten. Und sie tat es.
»Wir haben die Reisetasche von Frau Kron gefunden«, sagte sie. »In der Nähe der Isar. Wir befürchten, dass ihr etwas zugestoßen ist. Wir glauben nicht, dass sie die Stadt verlassen hat, um zu verreisen.«
Wir wussten nichts Bestimmtes, aber Sonja hatte Recht: Nichts deutete darauf hin.
»Sie hat gesagt, sie will verreisen.« Wie fasziniert blickte die alte Frau auf die Wasserflaschen.
»Möchten Sie etwas trinken?«, sagte Sonja.
»Ja, gern«, sagte Maria Seberg.
In der Hoffnung, Sonja würde die Befragung fortsetzen, beugte ich mich über den Tisch und füllte drei Gläser, von denen ich eines zu Maria Seberg schob.
»Das Folgende ist nur wichtig für unsere Akten«, sagte Sonja. »Es ist kein Vorwurf, und Sie brauchen nicht weiter darüber nachzudenken.«
Maria drehte leicht den Kopf und sah Sonja, die schräg neben ihr saß, mit unsicherem Blick an.
»Sie haben, als mein Kollege Tabor Süden und ich bei Ihnen waren, nicht die Wahrheit gesagt. Obwohl wir Sie nach Ruth Kron, das heißt nach Babette Halmar, gefragt haben, behaupteten Sie, Sie wüssten nichts von ihr. Ja?«
Unmerklich bewegte sie den Kopf.

Weil es nicht anders ging, sagte ich zu Erika Haberl: »Die Zeugin nickt. Sie gibt zu, die Unwahrheit gesagt zu haben.«

Ohne die mindeste Reaktion zu verraten, schrieb die Sekretärin mit flitzenden Fingern weiter.

»Darüber hinaus ...«, sagte Sonja, und ihr Ton nahm eine deutlich nüchterne, anklagende Färbung an, »haben Sie uns am Sonntag, den fünfundzwanzigsten März, belogen, als wir bei Ihnen waren, um die Vermissung Ihres Mannes Gabriel für beendet zu erklären.«

Wenn sie polizeilich klingen wollte, nahm Sonja Feyerabend keine Rücksicht auf Alter, Geschlecht und die innere Notlage ihres Gegenübers.

Mit verblüffender Entschlossenheit rückte Maria Seberg mit dem Stuhl vom Tisch ab. »Nein«, sagte sie und hielt Sonjas Blick stand. »Nein, das ist nicht wahr. Ich hab das nicht gewusst, er hat mir das nicht gesagt gehabt. Erst am nächsten Tag. Hätt ich Sie dann anrufen sollen?«

»Natürlich«, sagte ich.

»Ja, Frau Seberg«, sagte Sonja und griff nach einem Glas. Ob sie Durst hatte, bezweifelte ich. Vermutlich wollte sie nur eine vorübergehende Gleichheit herstellen und den Zeugen suggerieren, die Situation sei entspannt und weniger offiziell, eine Gelegenheit zum unverfänglichen Gedankenaustausch.

»Es war ein geheimes Treffen«, sagte Maria Seberg und zuckte mit dem Kopf. »Niemand darf was erfahren. Sie hat es so gewollt ...«

»Was denn bloß gewollt?«, rief Emmi Bregenz dazwischen.

Sie klopfte mit einer Hand auf die Schulter ihres Mannes. »Jetzt red doch endlich! Denkst du, ich glaub dir das, was du hier ausbreitest? Du sprichst von meiner Schwester, du hast die gar nicht richtig gekannt, nur flüchtig. Du bist viel jünger als wir, du hast gar nicht zu uns gehört.«
»Ich bin siebzig«, sagte Maria Seberg ruhig. »Und du bist einundsiebzig und Ruth ist dreiundsiebzig ...«
»Und der Schmarrn-Beni ist zweiundsiebzig«, sagte Max Bregenz unvermittelt.
»Sei bitte still«, sagte seine Frau und strich ihm über den Schädel. »Na und, Maria? Dann bist du eben so alt, wie du bist. Und meine Schwester? Die hat doch nicht fünfzig Jahre anonym in Ismaning gelebt! Hast du einen Dachschaden? Und Ritzel hat sich mit ihr in einer Pension getroffen? In einer Pension? Wie ein Liebespaar? Das ist doch ekelhaft.«
»Wer ist Ritzel?«, sagte ich.
»Was?«, sagte Emmi Bregenz.
»Das war der Spitzname meines Mannes«, sagte Maria Seberg ruhig. »Früher, als Kind. Heute sagt kein Mensch mehr Ritzel zu ihm.«
»Frau Bregenz hat ihn gerade so genannt«, sagte Sonja.
»Aus Versehen«, sagte Emmi Bregenz. Aber es war ihr unangenehm, und ich hatte den Eindruck, sie war über ihren Ausrutscher erschrocken.
»Deine Schwester ist nicht gestorben, damals.« Geduldig schweifte Maria Sebergs Blick zwischen Emmi und Max Bregenz hin und her, ein versöhnlicher und fast – absurde Vorstellung – mütterlicher Blick. »Sie hat gelebt. Steht

alles in dem Bericht, den sie Gabriel anvertraut hat. Er wollt sie nicht, damals, das weißt du, du weißt, wen er in Wahrheit wollt. Aber dann hat er mich genommen. Ich hab Ja gesagt, und jetzt sind wir fünfundvierzig Jahre verheiratet, und die fünfzig kriegen wir auch noch hin. Das ist das Leben. Und Ruth hat sich versteckt, weil sie Grund dafür gehabt hat, ich will das nicht ausführen, das geht niemand was an. Akzeptier einfach, dass sie nichts mehr mit dir zu tun haben wollt ...«

Mit einer eckigen Bewegung schob Emmi Bregenz die Schulter herum. Und flinker, als ich es erwartet hätte, packte Max ihre Hand und zog sie zu sich her. Emmi kam nicht dazu, Maria zu unterbrechen.

»Sie ist ganz anders als du, Emmi, du hast nicht verstanden, was mit ihr los gewesen ist. Sie hat was getan, das hast du ihr ein Leben lang vorgeworfen. Was du nicht weißt, Emmi, das ist, dass sie sich das auch vorgeworfen hat. Aber das geht niemand was an. Nur Gabriel, und er hat ihr hoch und heilig versprochen, den Bericht niemand zu zeigen, bloß mir. Und wenn er mal stirbt, und er kann noch lang leben, das hat mir der Herr Professor in Großhadern versprochen, wenn er mal stirbt, dann verbrennt er den Bericht vorher, das ist ihr Wille. Sie hat das alles nur für ihn aufgeschrieben, damit er sieht, was mit ihr gewesen ist, und damit er erfährt, dass sie an ihn gedacht hat, ihr Leben lang, bis heut. In ihrem Herzen hat sie an ihn gedacht, und das war ihr schwer. Sie wollt niemand zur Last fallen damit, und deswegen hat sie geschuftet Tag und Nacht und ist allein in Urlaub gefahren und hat nicht geheiratet und hat auch sonst niemand nah an sich ranlassen, an ihr Herz, Emmi, das musst du akzeptieren. Damals, da hat sie den Jungen, diese Familie verraten ...«

Sie verstummte, ihre Hände zitterten wie ihr Kopf. Nur für einen Moment kniff sie die Augen zusammen, dann schaute sie mir ins Gesicht. »Das ist wichtig, Herr Kommissar, ich glaub, ich dürft das nicht erzählen, und Sie müssen mir versprechen, meinem Mann nichts davon zu sagen, versprechen Sie das?«

»Ja«, sagte ich.

»Und Sie ...« Sie meinte Erika Haberl. »Schreiben Sie das bitte nicht auf, damit man es später nicht nachlesen kann, das hat Ruth streng verboten. Wenn sie mitschreiben, sag ich kein Wort.«

»Sie schreibt nicht weiter«, sagte ich. »Außer das, was Sie uns erzählen, betrifft unsere Fahndung nach Ruth Kron.«

»Ach was«, sagte Maria Seberg. »Ist auch ganz kurz und schnell vorbei.«

Als Emmi Bregenz merkte, dass sie laut durch die Nase schnaufte, öffnete sie den Mund. Und es blieben nur das Sirren der Neonröhre und das leise Rauschen des Laptops übrig. Ungefähr eine halbe Minute. Dann faltete Maria Seberg wieder die Hände, und ihr Gesicht sah weiß und weich aus.

»Sie hat den Onkel und die Tante des Jungen verraten, und sie haben sie abgeholt, die ganze Familie, und Ruth hat sich dafür geschämt, davon hast du keine Ahnung, Emmi. Du bist ein Kind gewesen, und du hast dir eingebildet, du bist die Bessere von euch beiden. Du hast niemand verraten, das schon, Emmi. Aber du hast sie nie gefragt, wie es ihr geht, ob sie das vielleicht bereut, was sie getan hat. Du hast sie verachtet, und ihre eigene Mutter hat sie verachtet, und alle Kinder haben sie verachtet und ich auch. Und Gabriel. Trotzdem haben wir Weihnachten zusammen gefeiert, hast du das vergessen, Emmi? Bevor der Krieg aus war, sind wir noch zusammen gewesen an Heiligabend, du und Ruth und ich und Gabriel, mein Gabriel. Und wir sind immer noch Kinder gewesen. Und wir haben so getan, als gings uns gut. Nur Ruth gings nicht gut, der gings schlecht, so schlecht, und du hast nichts gemerkt, und deine Mutter auch nicht. Die Ruth hat gewusst, was mit dem Daniel und seiner Familie passiert ist, dass die verbrannt worden sind in einem Ofen, das haben wir nämlich gewusst, du auch, selbst wenn die Leute nach dem Krieg behauptet haben, sie hätten von nichts gewusst. Wir haben das genau gewusst. Ja. Und Ruth hat sich geschämt. Hast du eine Ahnung, wie ein Kind sich schämen kann? Du bist ja nicht dumm, du weißt das schon. Und dann war der Krieg fast aus, und dann ist es passiert. Heut ist Sonntag, und ich geh normalerweise um diese Zeit in die Kirche, und ich will mich nicht versündigen, weil, Gabriel hat es versprochen. Dass der Bericht von Ruth sein Geheimnis bleibt, unser Geheimnis, aber hauptsächlich seins. Es ist ein Geschenk, ein heiliges Geschenk, auch wenn du das nicht verstehst, Emmi. Sie hat sich versteckt, am Anfang nur aus Übermut und Angst auch, dann hat die Scham sie überwältigt, und aus

der Scham und der Schuld ist sie nicht mehr rausgekommen, bis dass der Krieg zu Ende war und die neue Zeit begonnen hat. Und dann ist sie in der Scham und der Schuld stecken geblieben. Es war der Gabriel, der ihr geholfen hat in der entscheidenden Phase, wie genau, das sag ich nicht, und wenn ich dafür ins Gefängnis müsst, das sag ich nicht. Und so hat sie weitergelebt, ganz in der Nähe, und sie wollt ihre Ruhe, sie wollt für sich sein. Sterben wollt sie, und einmal wär es ihr fast geglückt, sie hat einen Herzanfall gehabt, auf offener Straße. Aber da kam ein Mann daher und hat sie gerettet, hat sie ins Krankenhaus gebracht. Und ich sag dir, Emmi, sie hätt sich umgebracht, wenn sie die Kraft gehabt hätt, und den Glauben, dass die Scham und die Schuld dann aufhören. Aber sie war überzeugt, sie muss das Leben führen und arbeiten und eine falsche Identität haben und alles abbüßen, den Verrat und das Feigsein. Sie hat sich doch immer für so feig gehalten. Dabei war sie doch bloß ein Kind gewesen. Ein Kind. Jetzt sag ich nichts mehr, weil dann wär ich eine Verräterin, und ich weiß gar nicht, ob ich das nicht schon bin. Mein Mann darf davon nie was erfahren. Nie und nie und nimmer.«
»Das wird er nicht«, sagte ich.
Gierig trank Maria Seberg das Wasser, sie hielt das Glas mit beiden Händen fest und blickte vor sich hin.
Niemand sagte etwas. Bis Max Bregenz laut ächzte und schwerfällig den Kopf drehte, um seine Frau anzusehen.
»Der Schmarrn-Beni«, sagte er. »Wenn er die Ruth nicht wollt, wen dann? Wen denn sonst?«

Maria Sebald umklammerte das kleine Glas wie eine Monstranz und schloss die Augen.
Mit einer sanften Geste strich Emmi Bregenz ihrem Mann wieder über die Glatze. »Mich«, sagte sie.
»Dich?« Es hörte sich an, als fange er an zu lachen. »Und weiter? Und?« Ruckartig wandte er den Kopf ab.
Nach längerem Schweigen sagte ich zu Emmi Bregenz: »Und Sie? Mochten Sie ihn auch?« Ich erinnerte mich an das Gespräch in Gegenwart ihrer Tochter Lore und deren Bemerkungen über ihren Vater.
»Freilich«, sagte sie. »Ich mocht ihn auch, ich ihn auch.«
»Meine Frau haben viele gemocht«, sagte Max Bregenz zu mir. »Fesch war die. Ich hab das ausgehalten, ich hab auch nichts anbrennen lassen. Und als sie schwanger war von einem Kerl, der nichts von ihr wollt, hab ich gesagt, wir heiraten, dann ist die Sache legal und fertig. Haben wir dann auch gemacht.«
»Kennt Lore ihren richtigen Vater?«, sagte ich.
»Nein«, sagte Max Bregenz.
»Nein«, sagte Emmi Bregenz.
»Doch«, sagte Maria Seberg.
Die kräftige Hand seiner Frau drückte so fest zu, dass Max einen kehligen Laut von sich gab.
»Sie hat eine Vermutung gehabt«, sagte Maria Seberg. »Und eines Tages ist sie vor unserer Tür gestanden. Ich weiß nicht, wie sie draufgekommen ist, Emmi, niemand hat jemals drüber gesprochen. Vielleicht hat sie als Kind was aufgeschnappt, sie ist ja ein waches Mädchen gewesen. Und sie hat uns dann versprochen, still zu sein,

gegenüber euch vor allem, gegenüber allen. Das hätt niemals rauskommen dürfen, verzeih mir, Max, ich bitt dich, warum hab ich das gesagt? Warum hab ich das getan?«
»So ein Schmarrer!«, schrie Max Bregenz und schlug mit der Hand auf den Tisch. »Und wieso hat der dich dann nicht geheiratet?« Er schüttelte die Hand seiner Frau von der Schulter. »Wieso nicht? Antwort! Deine Tochter hat Recht, du bist ein Lügenbiest! So ein Lügenbiest!« Er schlug noch einmal auf den Tisch, dann wollte er aufstehen, doch seine Frau blieb hinter seinem Stuhl stehen, und er hatte keine Chance, sie wegzuschieben.
»Er hat nicht gewusst, dass Emmi schwanger ist«, sagte Maria Sebald und öffnete die Augen, und sie waren nass. »Sie hat es ihm erst viel später gesagt. Er ist ja schon mit mir zusammen gewesen, und er hat mir schon die Ehe versprochen gehabt. Er hats erst erfahren, als wir schon lang verheiratet waren. Vergib uns allen, Max! So wie wir alle Ruth vergeben müssen, weil sie die Familie des kleinen Daniel damals bei dem Nazi Schmittke angeschwärzt hat. Und ich weiß nicht, wo Ruth jetzt ist. Bestimmt ist sie in Sicherheit. Sie ist verreist. Ich hätt sie gern gesehen. Ich hätt ihr gern gesagt, dass sie keine Schuld hat, dass sie bloß ein Kind gewesen ist, sie hätt nicht ihr Leben lang Buße tun müssen. Hätt sie nicht müssen, hat der Gott nicht von ihr verlangt, bestimmt nicht. So was verlangt der Gott nicht. Gell?«

Acht Tage später erschnüffelte ein Hund ihre Leiche.

13

Der Kopf hatte sich zwischen zwei kantigen Steinen mit einem Durchmesser von jeweils fast einem Meter verkeilt und das reißende Wasser die Arme so vertrackt um eine Wurzel geschlungen, dass der Körper hängen geblieben war, seltsamerweise mit dem blauen Mantel und den Schuhen. Am Kopf, am Handrücken, an den Füßen und an den dunkelbraunen Halbschuhen stellte der Pathologe Schleifspuren fest. Seinen Untersuchungen zufolge war die alte Frau, deren Haut sich trotz der Bluse, des Mantels und des Faltenrocks zum größten Teil abgelöst hatte, drei bis vier Wochen im Wasser gelegen. Die Narbe am Kinn war nicht mehr hundertprozentig nachzuweisen. Dagegen entdeckte Dr. Silvester Ekhorn keine Hinweise auf Gewalteinwirkung, also auf ein Verbrechen, auch wenn er mehrere subdurale Hämatome diagnostizierte, die er auf einen Sturz zurückführte, dessen Ursache zu rekonstruieren uns jedoch nicht gelang. Das bedeutete, die Frau war entweder Opfer eines Unglücks und hatte sich aus eigener Kraft nicht mehr aus den Fluten befreien können. Oder sie war freiwillig ins Wasser gegangen.

In der Innentasche des Mantels steckte eine Ledermappe mit einem aufgeweichten, nahezu unleserlich gewordenen Reisepass, in dem sich ein handbeschriebener Zettel befand. Dessen Text konnten auch die Spezialisten beim Landeskriminalamt nicht mehr entziffern, abgesehen von den Bruchstücken einer Telefonnummer, deren

Besitzer ich schließlich, nach einundfünfzig Fehlversuchen, ausfindig machte. Es handelte sich um einen Rechtsanwalt in Oberföhring, der auf meine Erklärung hin, eine gewisse Babette Halmar sei verstorben, erwiderte: »Ah ja? Dann sind Sie bei mir richtig.«

Ich fragte ihn, was er damit meine, aber er war auf dem Weg zu einem Gerichtstermin, und wir vereinbarten ein Treffen für den nächsten Tag.

Und dank eines Gebissschemas, das wir von einem Ismaninger Zahnarzt besorgten, und einer DNA-Analyse, die der Gerichtsmediziner mit Hilfe von Haarresten aus der Wohnung durchführte, stellten wir die letzte Gewissheit her. Obwohl wir sowieso nicht davon ausgegangen waren, dass die Tote mit dem abgeschleiften Gesicht den Pass einer anderen Frau bei sich getragen haben könnte. Auf eine Identifizierung der entstellten Leiche von Ruth Kron alias Babette Halmar durch Angehörige verzichteten wir, schon allein deshalb, weil weder Schwester noch Schwager die Frau als Erwachsene gekannt hatten.

Ich schickte einen Vermisstenwiderruf ans Landeskriminalamt und telefonierte anschließend – am Donnerstag, dem siebenundzwanzigsten April, drei Tage nachdem ein Basset seinen Durst in der Isar gelöscht hatte – mit dem Ehepaar Seberg, um ihnen die traurige Nachricht mitzuteilen.

»Dann müssen Sie herkommen«, sagte Maria Seberg. »In dem Bericht von der Ruth steht nämlich auch drin, was zu tun ist, wenn sie stirbt.«

Nach meinem Besuch Am Lilienberg hätte ich den Termin beim Anwalt in Oberföhring eigentlich absagen können.

Das Testament umfasste drei Seiten, in akkurater, sauberer Schrift, klare, gerade Buchstaben, mit blauer Tinte geschrieben. Ich musste sofort an die Kleckse auf der Tischdecke in dem grünen Haus denken. Der Name der Unterzeichneten lautete Babette Halmar, niedergeschrieben hatte sie ihren letzten Willen am einunddreißigsten Dezember des vergangenen Jahres.

»Der Anwalt hat das gleiche Schriftstück«, sagte Gabriel Seberg, der, in einen beigen Frotteemantel gehüllt und auf einen Stock gestützt, mit seiner Frau und mir am Wohnzimmertisch saß, vor sich, wie wir beide auch, ein Gläschen Obstler. »Sie hat zwei verfasst, identisch, zur Sicherheit. Und sie hat immer einen Zettel bei sich, damit derjenige, der sie findet, nichts falsch macht. Das wär das Schlimmste für sie gewesen, dass ihre Schwester benachrichtigt wird und dass das alles dann nicht so abläuft, wie sie das geplant hat. Sie hat genau gewusst ...«

»Sprich nicht so viel«, sagte Maria Seberg und legte ihre Hand auf seine. »Das ist nicht gut, du musst ruhig sein. Der Kommissar ist ja jetzt da.«

»Den Zettel konnten wir nicht mehr lesen«, sagte ich, um mich von meinen Gedanken abzulenken, die mich beim Anblick des alten, vertrauten Paares weit weg von hier führten. »Nur noch die Nummer von Dr. Moser.« Ich nahm das Blatt in die Hand, Büttenpapier mit einem Wasserzeichen am unteren Rand.

Hiermit verfüge ich, Babette Halmar, dass ich nicht beerdigt, sondern feuerbestattet werden möchte. Meine Urne soll anonym auf dem Waldfriedhof beigesetzt werden. Ich habe keine Angehörigen, daher entfällt eine Trauerfeier. Als Beitrag zu den entstehenden Kosten habe ich bei meinem Anwalt eintausend Euro hinterlegt. Ich betone, dass ich gesund und im Vollbesitz meiner geistigen und seelischen Kräfte bin. Sollte ich nicht mehr in der Lage sein, die letzten Dinge zu regeln, was die Auflösung des Hausstands und des Bankkontos betrifft, so möge das Geld die Behindertenwerkstatt Machtlfing erhalten. Meine Möbel kann sich nehmen, wer möchte. Ich hoffe aber, dass ich vor meinem Tod alles in die richtige Bahn lenken kann. Von diesem Testament existieren zwei Exemplare, beide von mir mit der Hand geschrieben, das eine hinterlege ich beim Rechtsanwalt Dr. Adalbert Moser, das zweite bei Herrn Gabriel Seberg. Eindringlich bitte ich diese beiden Herren, meinen letzten Willen bezüglich der anonymen Bestattung zu respektieren und jedwede Einsprüche von Außenstehenden zu unterbinden. Das gilt ebenso für Herrn Konstantin Gabelsberger, der mir, ohne dass es nötig gewesen wäre, einmal das Leben gerettet hat und den ich sehr schätze und dem ich viele schöne Stunden zu verdanken habe, wie für alle anderen Personen, die während meines Ismaninger Lebens eine gewisse Nähe mit mir zu teilen meinten. Sie alle bitte ich um Verständnis und Verzeihung für meine Entscheidung. Es war mir nicht vergönnt, an Gott zu glauben, aber trotzdem glaube ich an die Schuld des Menschen. Wenn dies ein Wider-

spruch ist, so sehe man ihn mir nach. Ich ertrage ihn wie alles andere bis zum Ende. Ich will, dass nicht nur mein Körper, sondern auch mein Name und alle Erinnerung an mich für immer verschwinden.

Darunter hatte sie den Namen des Ortes, das Datum und ihre Unterschrift gesetzt. Ich legte das Blatt auf die schwarze Ledermappe, die Gabriel Seberg zuvor mit einer feierlichen Geste aus einer Schrankschublade geholt hatte. »Der Bericht!«, hatte er gesagt und die Mappe mit beiden Händen hochgehalten.

»Was wär denn passiert, wenn Sie den Zettel nicht mehr hätten lesen können?«, sagte Maria Sebald. »Hätt die Emmi dann die Ruth beerdigt?«

»Das weiß ich nicht«, sagte ich. »Die Friedhofsverwaltung hätte über eine Anzeige in der Zeitung nach Angehörigen geforscht, und dann hätte sich hoffentlich der Anwalt gemeldet. Und Sie, Herr Seberg.«

»Selbstverständlich«, sagte er. Er war ein ausgemergelter Mann mit braunen Ringen unter den Augen, jede Bewegung verlangte ihm äußerste Anstrengung ab. Aber er bemühte sich um Klarheit beim Sprechen und um ein Lächeln, das seine erloschenen Lippen kaum noch schafften. Im Vergleich zu ihm wirkte Max Bregenz beinahe vital.

»Ich möchte gern einen Blick in die Mappe werfen«, sagte ich.

»Das geht nicht«, sagte Maria Seberg. »Das ist geheim. Für Sie ist nur das Testament wichtig, aus juristischen Gründen.«

Ich sagte: »Ich will nur hineinsehen, ich will den Bericht nicht beschlagnahmen.«
Seberg hielt sich die Hand vor den Mund und hustete. Seine Frau holte ein Papiertaschentuch aus der kleinen Tasche ihrer Strickjacke und gab es ihm.
»Danke«, nuschelte er.
»Bitte«, sagte sie.
Ich schwieg.
»Es sind einundzwanzig Seiten«, sagte Seberg, die Hand mit dem Taschentuch vor dem Mund. »Sie hat sie durchnummeriert, sehr schön. Mit einem alten Pelikanfüller hat sie das geschrieben. Haben wir auch gut verkauft früher im Laden, Pelikan, das war eine Marke. Sie dürfen reinsehen, Herr Kommissar.«
»Das darfst du nicht zulassen!«, sagte Maria Seberg. »Du hast es der Ruth hoch und heilig versprochen. Der Bericht ist nur für dich.«
»Und für dich«, sagte er und hustete wieder, und sie strich ihm über den Rücken.
»Nein, für mich nicht«, sagte sie. »Sie hat ihr Leben für dich aufgeschrieben. Du warst ihre Liebe.«
»Hör doch auf«, sagte er.
»Ich hör nicht auf«, sagte sie. »So ein Andenken muss man ehren, so was bekommt man nur einmal geschenkt. Das ist was ganz Kostbares, da steht ein ganzes Leben drin, ein schweres Leben, das Leben von einem Menschen, der eine Last getragen hat, in sich. Und du hast es versprochen! Du hast es versprochen!«
»Beruhig dich, bitte«, sagte er.

»Schauen Sie, Herr Kommissar, mein Mann ist krank, er muss wieder ins Klinikum. Das dritte Mal jetzt. Aber im Kopf stimmt noch alles. Und er hat ein Versprechen gegeben ...«

»Der Kommissar will mir die Mappe doch nicht wegnehmen, Maria«, sagte er und schluckte und musste würgen. »Er hat doch bloß gefragt ...«

»Und ich sag Nein! Weil du dich nicht traust.«

»Ich trau mich doch«, sagte er.

»Du traust dich nicht, weil du Angst hast, dass du dann belangt wirst. Wegen Unterschlagung oder so was. Wegen Amtsbehinderung oder was.«

»Das ist doch ein Unsinn, Maria«, sagte er.

»Die Ruth ist tot, Gabriel! Hast du das noch nicht begriffen? Sie wollt dich noch mal sehen, sie hat gewusst, dass sie wird sterben müssen. Sie ist tot, und du hast ihr Testament, du und der Anwalt. Du warst ihr nächster Mensch, ihr ganzes Leben lang, obwohl ihr euch nie getroffen habt und obwohl du mit mir verheiratet bist seit bald fünfzig Jahren. Sie hat dich behalten, bei sich allein im Stillen in Ismaning, so nah und so weit weg.«

»Und ich hab eine Tochter von einer anderen Frau, das auch noch«, sagte Seberg, und ich sah ganz sicher ein Lächeln.

»Du bist schon ein Besonderling, du«, sagte Maria Seberg.

»Was bin ich?«, sagte er.

»Ein Besonderling bist du.« Sie rieb ihm über den Rücken. Und er hustete. Und dann nahm er das Taschentuch vom Mund und sah mich an.

»Ich hab geheiratet, weil ich die Maria geliebt hab, und der Max wollt die Emmi, und so ist alles gut gegangen. Und die Ruth, die war doch erst elf oder zwölf, als wir auf die gleiche Schule gingen, und ich war ein Jahr jünger. Das glaubt man doch gar nicht, dass ein junger Mensch so eine Liebe in sich herstellt, dass die das ganze Leben lang nicht kaputtgeht. Wissen Sie, warum die Ruth ausgerechnet in die ›Pension Ida‹ wollt? Weil, sie hat das Schild gesehen und an ein Märchen denken müssen. Sie hat immer an Märchen gedacht, schon als Kind, rauf und runter die Geschichten von den Prinzessinnen und den Helden und den verzauberten Königinnen und den armen Kindern. Mit denen allen hat sie mitgelebt, inniglich. Hat sie mir erzählt. Und es gibt ein Märchen, das heißt ›Die Blumen der kleinen Ida‹. Deswegen hat sie auch Vergissmeinnicht in die Pension mitgebracht, hat den Topf da hingestellt, damit was blüht in dem Zimmer. Wir haben uns ja nicht hingelegt und geschlafen, sie hat nur gesprochen, Stunde um Stunde, die ganze Nacht, und hat mir alles erzählt, alles, was in dem Bericht steht. Sie wollt es mir selber erzählen. Sie hat zwei Thermoskannen mit Tee dabei gehabt und belegte Brote und Tomaten und zwei Bananen und vier Äpfel, die ganze Tasche voll.«
»Sei still!«, sagte Maria Seberg.
»Ich kenn mich nicht aus mit Märchen, ich hab vor lauter Arbeit wenig Zeit gehabt zum Lesen.«
»Sei still!«, sagte Maria Seberg laut, und ihr Mann legte mühevoll den Arm um ihre Schulter. Aber sie wollte sich nicht anlehnen.

»Ich werde jetzt gehen«, sagte ich.
»Wollen Sie keinen Blick mehr in den Bericht von der Ruth werfen?«, sagte Seberg.
»Nein«, sagte ich.
»Möchten Sie noch einen Selbstgebrannten?«, sagte Seberg.
»Nein.«
Draußen lehnte ich mich, vom Regen geohrfeigt, an die Hauswand, legte den Kopf in den Nacken und schloss die Augen. Jenseits der Welt, vielleicht, gab es einen, der sich niemals schämte.

14
Was der Angestellte der Städtischen Friedhofsverwaltung wörtlich zu mir gesagt hatte, verschwieg ich ihr. Ich teilte ihr nur mit, dass die Beisetzung bald, vermutlich Ende übernächster Woche, stattfinden würde.

»Mordsglück!«, hatte der Angestellte mir erklärt. »Normal lagern die Urnen drei bis vier Monate, weil, öfter fahren wir nicht da raus. Aber jetzt in Ihrem Fall, also in dem Fall der verstorbenen Frau, das ist günstig, die Urne dürft auf jeden Fall noch mitgehen.«

»Wie viele werden denn da auf einmal begraben?«, sagte Emmi Bregenz. Sie trug ein schwarzes Kleid, das unförmig an ihr herunterhing, und hatte ihre Haare zu einem Dutt zusammengesteckt, der von einem schwarzen Nylonschleier bedeckt wurde.

Im Wohnzimmer in der Adelgundenstraße drängten sich sechs Personen, neben Emmi und mir ihr Mann Max, ihre Tochter Lore, ihre Enkelin Tanja und ihr Schwiegersohn Jonas Vogelsang, dem ich zum ersten Mal begegnete. Gewöhnlich irritierte mich das Auftauchen einer mir unbekannten Person kurz vor Abschluss eines Falles ein wenig, doch auf Vogelsang musste ich mich nicht weiter einstellen. Er sprach nahezu nichts und hielt sich hinter den Rücken der anderen auf, die auf ihn wie auf einen ungebetenen Gast reagierten. Wenn seine Frau etwas zu ihm sagte, wandte sie ihm nur halb den Kopf zu und vermied jeden Blickkontakt. Die beiden Männer der Familie beachteten sich überhaupt nicht. Emmi konzentrierte sich auf mich.

Und Tanja hatte die Arme vor der Brust verschränkt und heftete ihren Blick unaufhörlich auf die Wand. Ich wunderte mich, dass sie überhaupt da war, als Einzige trug sie helle Kleidung, Bluejeans und dazu ein weißes Sweatshirt mit einem großen roten Auge auf dem Rücken.

Als ich ankam, waren sie bereits alle versammelt gewesen, Max Bregenz saß am Tisch, die anderen standen und sahen aus, als warteten sie darauf, endlich wieder gehen zu können.

»Eine Beisetzung«, sagte ich, »besteht aus ungefähr dreihundert Urnen, es können auch weniger sein.«

»Dreihundert?« Emmi Bregenz zupfte an ihrem Kleid, das raschelte, und als sie das Geräusch bemerkte, hörte sie damit auf. »Und das ist dann einmal im Jahr? Dann hätt es ja sein können, dass die Ruth erst nächstes Jahr wieder ... dass sie beerdigt wird.«

»Nein«, sagte ich. »Diese Beisetzungen finden zwei- bis dreimal im Jahr statt.«

»Aber das wären ja dann neunhundert im Ganzen!«

»Ja«, sagte ich.

»Und wie muss ich mir das vorstellen?«, sagte Lore Vogelsang, die neben ihrer Mutter stand, in einem dunkelblauen Designerkostüm, das auch als Garderobe für den Besuch eines klassischen Konzerts geeignet gewesen wäre. Im Gegensatz zu ihr hatte sich ihr Mann, der Kurator, für ein schlichtes Cordsakko mit hellen Fusseln am Rücken und ein ausgewaschenes Hemd entschieden, beides in Dunkelblau.

»Die Männer fahren morgens um sechs auf den Wald-

friedhof und heben ein passendes Grab aus, legen die Urnen in die Grube, füllen Sand hinein, decken den Rasen wieder drauf, und die Zeremonie ist beendet.«
»Wie kalt Sie das sagen!« Lore Vogelsang warf ihrer Mutter einen um Zustimmung für ihre Empörung bittenden Blick zu.
»So ist der Lauf des Lebens«, sagte Emmi Bregenz mit harter Stimme. In ihr ging eine Veränderung vor sich, die ihrem Mann den Schweiß ins Gesicht trieb. Vielleicht war es ihm in dem engen, überheizten Zimmer auch nur zu warm. »Das bedeutet, sie wird eingeäschert, und danach verliert sich ihre Spur.«
»Wie redest du denn?«, sagte ihre Tochter.
»Nicht ganz«, sagte ich. »An der Stelle im Waldfriedhof, wo die Anonymen beerdigt sind, gibt es ein Denkmal, dort können Sie Blumen niederlegen und Ihrer Angehörigen gedenken.«
Nach einem Schweigen sagte Emmi Bregenz: »Freilich.«
»Es war der Wunsch Ihrer Schwester«, sagte ich. »Sie wollte nicht, dass sich jemand um ihr Grab kümmern muss, einen Grabstein aussuchen und bezahlen, Blumen pflanzen, regelmäßig Friedhofsgebühren entrichten, das alles wollte sie nicht. Sie wollte im Tod so unerkannt sein wie im Leben.«
»Schön gesagt.« Emmi Bregenz ruckte mit den Schultern. »Ich würd das Testament trotzdem gern lesen. Das steht mir zu, ich bin die Schwester. Was ist dieser Anwalt für einer? Steckt der mit ihr unter einer Decke?«
»Hör auf, Mutter!«

Bis zu jenem achten Januar hatte sie mit dem Anwalt in der Regina-Ulmann-Straße in Oberföhring nur am Telefon Kontakt gehabt.
»Ich sei ihr von jemandem empfohlen worden«, sagte Dr. Adalbert Moser. »An den Namen konnte sie sich nicht mehr erinnern, sie meinte, das wär schon ein paar Jahre her, sie hatte sich meine Adresse notiert, für den Notfall, wie sie sich ausdrückte.«
»Das Testament war ein Notfall«, sagte ich.
»So hat sie es formuliert, ja.«
Wir saßen in einem kleinen Nebenraum seiner Kanzlei und tranken Kaffee. Auf dem Plexiglastisch lagen drei Tageszeitungen und zwei Nachrichtenmagazine, vor dem Fenster mit dem weißen Lamellenvorhang stand eine Yuccapflanze. Gegen die Scheiben schlug der Regen.
»Sie machte einen gesunden Eindruck auf Sie«, sagte ich.
»Sie behauptete, sie sei kürzlich beim Arzt gewesen und habe sich untersuchen lassen, ihr fehle nichts.«
»Wir haben sämtliche Ärzte in Ismaning und den umliegenden Ortschaften angerufen«, sagte ich. »Sie war bei keinem in Behandlung.«
»Sie sah nicht krank aus«, sagte Dr. Moser, ein Mann Mitte fünfzig mit breiten Schultern und einem vorspringenden Kinn, gegen das er beim Gespräch mit dem Handrücken schlug. Als wollte er es abschleifen. »Sie hat erklärt, sie habe keine Angehörigen, niemanden mehr, und sie möchte niemandem zur Last fallen. Mir sind solche Verfügungen bekannt, ich verwahre einige davon.«
»Dann ist sie bestimmt über einen Klienten zu Ihnen ge-

kommen, von dem sie erfahren hat, dass Sie ein Fachmann auf dem Gebiet sind.«

Er trank, stellte bedächtig die Tasse ab und klopfte sich ans Kinn. »Ich schätze, mehr als fünfundneunzig Prozent der Leute, die mich aufsuchen, weil sie eine anonyme Beerdigung garantiert haben wollen, sind ältere allein stehende Singles, mehr Frauen als Männer übrigens. Und die Zahl steigt von Jahr zu Jahr. Und ich muss Ihnen gestehen, ich hab auch schon darüber nachgedacht, ich bin nicht verheiratet, ich lebe seit langem in einer festen Beziehung, die Frau hat zwei Kinder aus erster Ehe, und ich hoffe, dass wir noch lange zusammenbleiben, für immer, wenns nach mir geht. Trotzdem: Was soll so ein Grab? Nichts als Mühen und Kosten. Eine anonyme Bestattung ist preiswert, Sie werden verbrannt, und alles ist erledigt. Ich denke wirklich ernsthaft darüber nach. Würden Sie so was machen?«

»Unbedingt«, sagte ich.

»Blöd natürlich«, sagte er, »wenn man Verwandte hat, die damit nicht fertig werden. Das passiert oft, die Leute bedrängen mich, sie wollen mich zwingen, den letzten Willen nicht anzuerkennen. Mir wurden schon Atteste vorgelegt, laut denen der Verstorbene angeblich unzurechnungsfähig oder von einer schweren Krankheit zerrüttet war, nicht mehr Herr seiner Sinne, er habe das nicht so gemeint, jeder in der Familie könne das bestätigen. Auf einmal sind sie alle da, laufen schier über vor Fürsorge und Mitgefühl. Da denk ich mir dann sofort, schade, dass der Verstorbene zu Lebzeiten diese Hingabe und Zuwen-

dung nicht erfahren hat. Leute, die sich anonym bestatten lassen wollen, sind allein, haben sich abgewandt oder wurden in die Ecke gestellt, in die Lebensecke, wie ich das immer nenne. Das erkenne ich auf den ersten Blick, wenn jemand in die Kanzlei kommt, ob er in die Gesellschaft integriert ist oder eher am Rand oder gleich ganz in der Ecke steht. Ich kann Ihnen nicht erklären, woher ich das weiß, es ist aber so, ich täusche mich selten.«
»Und was war Ihr erster Eindruck von Babette Halmar?«
»Bei ihr ...«, sagte Dr. Moser und schob die vor ihm liegende Akte mit dem Testament gerade. »Bei ihr hab ich gedacht, diese Frau steht gewiss nicht in der Mitte, und sie steht auch nicht in der Ecke. Bei ihr hab ich gedacht, sie gehört einfach nirgendwo dazu. Ich hab sie ein wenig ausgefragt, über ihren Beruf früher, über ihren Alltag, die Dinge, die sie gern tut, die sie beschäftigen, die Menschen, mit denen sie gern zusammen ist. Ihre Antworten waren absolut klar und unmissverständlich. Und ohne beurteilen zu wollen, ob sie mich belogen, ob sie mir was vorgespielt hat – ich hab ihr angesehen, dass sie allein ist, ein Singlesingle. Und dabei, hab ich noch gedacht, nicht einmal unglücklich. Glücklich war sie wahrscheinlich auch nicht. Wahrscheinlich spielten Glück und Unglück für sie einfach keine Rolle. Steht denn jetzt eindeutig fest, dass es ein Unfall war? Können Sie einen Suizid ausschließen?«

»Wir können Selbstmord nicht ausschließen«, sagte ich zu Emmi Bregenz, die mir einen Tag später dieselbe Frage stellte.

Danach riss sich Tanja vom Anblick der Wand los und beugte sich über den Tisch, auf dem ein Teller mit Keksen stand. Sie nahm sich einen davon, steckte ihn in den Mund, verschränkte wieder die Arme und kaute mit knirschenden Geräuschen. Niemand sagte etwas. Tanja genoss das Kauen. Als sie fertig war, sagte sie: »Ich sterb gleich.«
»Allerdings haben wir gute Gründe zu vermuten, dass sie sich nicht umgebracht hat«, sagte ich.
»Schön gesagt«, sagte Emmi Bregenz zum zweiten Mal.
»Sie hätte vorher ihre Angelegenheiten geregelt. Und vor allem hätte sie dafür gesorgt, dass man auf jeden Fall den Zettel mit der Telefonnummer des Anwalts in ihrem Pass findet. Es war ein Glück, dass wir die Nummer noch entziffern konnten. Und dass sie sich noch mit Gabriel Seberg getroffen hat.«
Nach einem Moment sagte Emmi: »Das war das größte Glück, freilich.«
Kurze Zeit später verabschiedete ich mich mit dem Versprechen, Emmi Bregenz nach der Bestattung Bescheid zu geben.
»Ich weiß noch nicht, ob ich da hingehen werd, zu der Wiese«, sagte sie an der Tür.
»Ich begleite Sie«, sagte ich.
»Das ist alles so schnell gegangen jetzt«, sagte sie. Dann griff sie nach meinem Arm. »Sie denken vielleicht, ich bin hartherzig. Aber so bin ich nicht. Wir haben unser Leben gelebt, mein Mann und ich, bescheiden, unsere Rente reicht gerade, Glück gehabt! Alle heiligen Zeiten

besuchen wir unsere Tochter und unseren Schwiegersohn, manchmal ist Tanja auch da, Sie wissen, was sie alles anstellt, sie treibt sich rum, schwer zu sagen, was mit ihr los ist, sie sagt ja nie was. Jedenfalls, wir sind so was wie eine Familie. Und dann seh ich das Bild in der Zeitung und mir springt das Herz aus dem Leib. Und ich sag zu Max, die sieht aus, wie die Ruth heut aussehen würde, und ob das da am Kinn nicht eine Narbe ist, wie sie die Ruth hatte. Und er sagt, ja, könnt sein. Sicher waren wir uns nicht, gar nicht. Ich hab doch nur bei Ihnen angerufen, weil ich so erschrocken bin, und doch nicht, weil ich gedacht hab, sie ist es wirklich! Das war doch nur der Schrecken. Und jetzt ist nichts mehr, wies vorher war, es ist alles rausgekommen, und warum? Wegen jemand, der gar nicht mehr da ist! Stellen Sie sich das vor! Sie ist weg, und bei uns kommt alles ans Licht. Mein Mann hat noch kein Wort darüber verloren, dass er jetzt weiß, wer der Vater unserer Tocher ist. Hat ihn ja nie interessiert, Sie haben ja gehört, was er gesagt hat. Und jetzt? Ich hab zu ihm gesagt, red mit mir, und er sagt nichts. Der spinnt doch, der muss mit mir reden, der muss doch sauer sein, das muss den doch beschäftigen Tag und Nacht, ich könnt nicht mehr ruhig schlafen, wenn ich so was erfahren würd. Sie? Ich nicht. Jetzt stehen sie alle da drin und warten auf was. Auf was? Dass mein Mann was sagt. Oder mein Schwiegersohn. Der sagt auch nichts. Die Tanja ist von einem anderen Mann, wenigstens kennt sie ihren Vater, sie sehen sich gelegentlich, das geht mich nichts an. Aber der nimmt das auch so hin, der Jonas. Die

nehmen das alles so hin. Und ich muss es aushalten. Die Ruth. Jetzt hab ich meine Schwester in der Zeitung gesehen, und das wars. Das geht doch nicht! Dann ist sie tot, und ich weiß nicht mal, wo sie liegt. Ich hab damals nicht Abschied nehmen können und ich kanns heut nicht. Sie ist zweimal gestorben, und ich hab mich zweimal nicht von ihr verabschieden können. Ich kann Ihnen gar nicht sagen, was ich grade denken muss, ich kanns Ihnen nicht sagen. Sie würden mich auslachen. Sie würden laut lachen.«
»Bestimmt nicht«, sagte ich.
»Nein?«
»Nein«, sagte ich.
»Dann sag ichs Ihnen. Ich hab denken müssen, dass der zweite Schlafgott sie jetzt geholt hat, die Ruth. Es gibt nämlich zwei Schlafgötter, haben Sie das gewusst?«
»Nein«, sagte ich.
»Den einen, der jede Nacht kommt und abenteuerliche Geschichten erzählt, und den anderen, seinen Bruder, der nur ein einziges Mal zu jedem kommt und nur zwei Geschichten kennt, eine wunderschöne und eine schreckliche. Er kommt auf einem Pferd, auf dem er die Menschen mitnimmt. Aber ehe die Reise beginnt, fragt er nach dem Notenbuch, und wenn man es aufschlägt und es stehen gute Zensuren drin, dann erzählt dieser Schlafgott die wunderschöne Geschichte. Hat man aber schlechte oder nur mittelmäßige Zensuren, dann muss man sich die böse Geschichte anhören, und die ist so böse, dass man vor Entsetzen vom Pferd springen und weglaufen möch-

te. Aber das geht nicht. Denn man ist festgewachsen am Pferd und kehrt nie wieder ins Leben zurück. Daran hab ich grad denken müssen, weil der kleine Hjalmar, dem der freundliche Schlafgott, der immer wieder erscheint, alle diese Geschichten erzählt, am Schluss keine Angst mehr vor dem Tod hat. Und ich hab gedacht, die Ruth hat bestimmt keine Angst gehabt, da an der Isar, oder sonst wo, sie hat keine Angst gehabt. Nicht? Die Ruth?«

... Und die Furcht ist nie wiedergekommen, und deshalb habe ich mein Leben bis heute durchgestanden. Was ich am Anfang über die dunklen Jahre nach 1947 geschrieben habe, so möchte ich nicht, dass du dich womöglich fragst, ob ich arg gelitten habe. Mir erging es wie hunderttausend anderen, ich habe diese kleinen, nebensächlichen Ereignisse nur erwähnt, weil ich dir zeigen wollte, wie ich über die Runden kam, nachdem wir beschlossen hatten, uns nicht wiederzusehen. In den vergangenen zehn Jahren, das gestehe ich dir, fiel es mir auf einmal schwer, mir vorzustellen, ich könnte sterben, und wir wären uns nicht mehr begegnet, wenigstens für ein paar Stunden. Wozu? Frag mich bitte nicht! Ich weiß ja nicht einmal, wozu ich dir diesen Bericht schreibe und ob ich ihn zu Ende bringen werde. Er geht nur dich etwas an, und wenn du es für richtig hältst, zeig ihn deiner Maria, sorge aber dafür, dass sie nichts Falsches denkt. Liebe Maria, solltest du diese Zeilen lesen, sei gewiss, ich habe mir niemals gewünscht, Gabriel möge dich meinetwegen verlassen, ich habe ihm eure Liebe von Anfang an aus

tiefer Seele gegönnt, und auch wenn er es war, der aus dem Ismaninger Rathaus, wo seine Mutter damals auf dem Standesamt arbeitete, den Schlüssel gestohlen hat, damit wir uns nachts reinschleichen und mir eine neue Geburtsurkunde samt Unterschrift und Stempel ausstellen konnten, so wollte er mir damit nichts beweisen oder dich kränken, denn ihr kanntet euch ja schon. Ich habe ihn gefragt, ob er so etwas für mich riskieren würde, und er hat Ja gesagt. Und danach haben wir uns nicht wiedergesehen bis zum heutigen Tag. Niemanden von euch habe ich wiedergesehen, ich habe auch niemanden heimlich besucht. Nur einmal, durch einen gespenstischen Zufall, sah ich am Münchner Hauptbahnhof eine korpulente Frau ...

Zufrieden bestellte sie eine zweite Flasche Rotwein, ließ sie von der italienischen Wirtin entkorken, kostete einen Schluck und hob ihr Glas.
»Auf die Kinder, dass sie nie mehr klauen müssen und misshandelt werden!«, sagte sie.
»Auf die Kinder«, sagte ich, und wir tranken, ohne anzustoßen.
Meinen Kollegen von der Sonderkommission war es gelungen, die beiden am Bahnhof aufgeschnappten Frauen zum Reden zu bringen. Und über sie fanden sie den Aufenthaltsort der verschwundenen rumänischen Kinder heraus. Sie waren von Schleppern aus ihrer Heimat über die grüne Grenze gebracht und unter Schlägen abgerichtet worden, Passanten und unachtsame Geschäftsleute zu

bestehlen. Die vier zwischen sieben und elf Jahre alten Kinder aus ärmsten Verhältnissen hofften auf ein besseres Leben bei wohlhabenden Familien. Bei ihren Raubzügen waren sie auf ein Ehepaar gestoßen, das ihre dramatische Lage erkannte und sie vor ihren Peinigern verstecken wollte. Doch diese erwischten sie dabei und brachten die ganze Gruppe in ihre Gewalt. Da sie nicht riskieren wollten, das Land zu verlassen, warteten sie in ihrem Unterschlupf ab. Und dort spürten Sonja und meine Kollegen sie auf.
Ich hatte ihr gratuliert. Sonst sprachen wir wenig.
Als sie den Rest aus der zweiten Flasche des sizilianischen Weines einschenkte, sagte sie: »Ich bin dir nicht böse. Lass uns schauen, was weiter passiert. Jeder macht seine Sache.«
»Ich weiß nicht«, sagte ich.
»Kümmere dich um Martin«, sagte sie. »Kümmere dich nicht um mich.«
»Warum nicht?«
»Möge es nützen!«, sagte Sonja.
Wir stießen an, und ich schwieg.

... Ich war auf dem Weg nach Westerland und wie immer zu früh dran. Ich folgte der Frau durch die Halle, mein Koffer war ja nie schwer, und plötzlich drehte sie sich um, und ich sah ihr Gesicht. Das war Emmi ...

15

... *Und für eine Sekunde, die mir so lang vorkam wie die, als einen Tag vor Silvester das Haus zu wackeln anfing, in dem die Familie Hufschmied wohnte, habe ich gedacht, jetzt erkennt sie mich, und ich bin verloren. Denn das hatte ich mir vorgenommen: Sollte ich durch einen Zufall meiner Schwester oder meiner Mutter begegnen, würde ich nett sein und versprechen, ihnen am nächsten Tag alles zu erklären. Und dann würde ich mich in den Zug setzen, an die Nordsee fahren und so weit ins Meer hinausgehen, bis ich den Boden unter den Füßen verliere und hoffentlich nie gefunden werde. – Aber sie schaute nur auf die Uhr an der großen schwarzen Tafel, wo die Zugverbindungen stehen, drehte sich wieder um und ging weiter. An einer der Imbisstheken kaufte ich mir erst mal einen Schnaps, so erschrocken war ich, so verwirrt auch. Wie war das möglich, dass ich sie sofort erkannte, sie mich aber nicht? Es kann sein, dass ich mich täuschte, aber sehr wahrscheinlich ist das nicht. Heute glaube ich, sie hat mich nicht erkannt, weil sie mich nie gekannt hat. Kannst du mir erklären, wieso ich als Kind – und dabei bin ich, wie du weißt, zwei Jahre älter als sie – von ihr nur gegängelt und bevormundet und von oben herab behandelt worden bin? Und weißt du, wie sie mich immer genannt hat? Das war so gemein von ihr, und eigentlich hätte ich sie deswegen noch einmal wiedersehen müssen. Um ihr ins Gesicht zu sagen, wie weh sie mir damit getan hat. Vielleicht hat sie gedacht, ich weiß nicht, was das Wort bedeutet, und wollte mich bloß ärgern, wie immer. Aber ich habe in unserem alten Brockhaus nachgeschaut, und dann habe ich gewusst, was sie damit meint, und dass sie was ganz Böses und Hinterhältiges zu mir sagen will, absichtlich. Wenn ich mich anstrenge, kann ich ihre Stimme noch heute hören, sechzig Jahre später ...*

»Du Drohne!«, rief sie. »Du bist so feige! So feige und so gemein!«
Am Himmel brannte die Sonne. Ein leichter blütenduftender Wind wehte über das gewaltige Areal des Friedhofs. Der Gesang der Vögel mischte sich mit dem Rauschen des Verkehrs von der nahen Autobahn. Unter dem schweren Grün Hunderter von Buchen, Tannen und Eichen reihten sich achtundfünfzigtausend Gräber aneinander, viele waren alt und verwildert, und auf manchen Steinen konnte man die Namen nicht mehr lesen. In diesem Wald, der fast eine Viertelmillion Tote beherbergte, konnte man sich verlaufen wie Hänsel und Gretel, und kein weißer Vogel besang den Weg zu einem Haus aus Lebkuchen. Nur Krähen hockten versteckt auf den Zweigen, wie krächzende Schatten, und wenn sie flogen, hörte es sich an, als schabten ihre Flügel an der Luft.
An diesem Samstagmittag, am vierzehnten Mai, wurde es jedoch plötzlich vollkommen still in den Bäumen. Und kein Schritt knirschte auf den Kieswegen, kein Rad eines Schubkarrens. Sogar der Verkehr auf der anderen Seite der Mauer schien für Augenblicke auszusetzen.

In ihrem blauen Kleid, mit dem dünnen schwarzen Schleier über dem Dutt, kniete Emmi Bregenz in der Wiese und riss mit beiden Händen das Gras aus der Erde. Und schrie mit vor Wut lodernder Stimme: »Warum hast du mir das angetan? Sogar im Tod versteckst du dich noch!«
Auf Händen und Knien kroch sie über die Wiese, auf der verstreut Rosen, Nelken und Lilien lagen. Sie schleuderte Grashalme in die Luft, rupfte neue aus, krallte die Hände in den Boden, spuckte aus und hustete und trommelte mit den Fäusten. Und es war ihr egal, dass ihr Kleid über ihrem dicken Körper verrutschte, ihre Strümpfe zerrissen, Erdklumpen an ihren Beinen kleben blieben und sie immer wieder zur Seite kippte, weil sie das Gleichgewicht verlor.
Als würde sie jemandem, der dort lag, direkt vor ihr, die Haare ausreißen, in Büscheln und mitsamt den Wurzeln, maßlos vor Zorn.
Auf ihren eindringlichen Wunsch hin hatte ich sie zu der Stelle gebracht, wo am Vortag frühmorgens die Urnen anonym vergraben worden waren. Schweigend war sie neben mir her gegangen, bis wir an eine Weggabelung kamen, an der sie stehen blieb. »In diese Richtung«, hatte sie gesagt und zwischen den Büschen hindurchgeblickt, »gehts zum Grab meiner Mutter. Für Max und mich ist da auch noch Platz.« Daraufhin war sie wortlos weitergegangen.
»Ich hab immer gewusst, was du für eine bist!«, schrie sie das grüne Gras an und einen Strauß Vergissmeinnicht, den vielleicht ein Angehöriger in einer vagen Hoffnung

dort hingelegt hatte. »Die Mama ist gestorben, und du warst in der Nähe und hast dich nicht gerührt!« Wie ein von Trotz und Verzweiflung geschütteltes Kind schlug sie mit den Fäusten auf den Boden, kratzte mit den Fingern durch die lockere Erde und zerrupfte und zerriss alles, was sie zu fassen bekam, Halme und Blumen, abgebrochene Zweige und weggeworfene Papiertaschentücher.

... Von Mutters Tod habe ich aus der Zeitung erfahren. Tagelang bin ich zu Hause geblieben. Um mich leer zu weinen. Ich wollte vermeiden, dass die Leute ein anderes Gesicht von mir sehen. Offiziell hatte ich keine Eltern mehr. Anders hätte ich nicht überleben können, das war der Preis, Gabriel, mein Engel, und du hast gesagt, er ist es wert. Damals habe ich bei den Nickels gearbeitet, die immer krank waren, meine erste Stelle als Haushälterin, da war ich zwanzig oder einundzwanzig. Ich war so dürr damals, klapperig, so dünn wie Verona, die manchmal für mich einkaufen geht. Von mir erhält sie ihr erstes eigenes Geld, so wie ich damals von ihren Großeltern mein erstes eigenes Geld bekommen habe. – Unter keinen Umständen durften sie merken, dass etwas passiert war. Ich habe ihnen gesagt, ich hätte Bauchschmerzen und mir wäre schwindlig und schlecht, und sie sagten, ich solle im Bett bleiben und mich auskurieren, sie würden derweil schon nicht im Dreck ersticken. Sie waren immer freundlich zu mir, später haben sie mich weiterempfohlen. Nach vier Tagen habe ich wieder gearbeitet, und am Wochen-

ende, am Sonntag, fuhr ich mit dem Zug nach München und vom Hauptbahnhof aus mit der Tram zum Waldfriedhof. Dort habe ich mich nur verlaufen. Zwei Stunden bin ich im Kreis gegangen, obwohl ich mich vorher bei der Verwaltung erkundigt hatte, wo das Grab liegt. Ich musste sehr vorsichtig sein. Aber schließlich fand ich das Grab, und niemand war da. An dem kleinen Holzkreuz wehte ein schwarzer Schleier, zwei Kränze lagen auf dem Erdhügel und Laub. Es ist November gewesen und unfreundlich draußen. Ich habe mich trotzdem hingekniet auf ein Papiertaschentuch, das ich zum Glück dabeihatte, das habe ich auf dem feuchten Boden ausgebreitet. Dann habe ich die Hände gefaltet und mich bei meiner Mutter entschuldigt. Ich habe ihr gesagt, ich war in dem Haus, um Brot und Käse zu holen, und dann gab es einen Knall, und die Wände stürzten ein. Ich sprang aus einem Fenster, in dem keine Scheiben mehr waren, und bin weggerannt. Und nach ein paar Metern bin ich in ein tiefes Loch gefallen, wie in einen Krater, früher war da ein Haus gestanden, vor dem gewaltigen Feuer im April 1944. Und dort, das habe ich dir, Gabriel, mein Engel, am Anfang schon erzählt, waren die Kinder, die alle keine Eltern mehr hatten und die sich vor der Polizei versteckten. Wie ich von einem der Jungen die Adresse des leer stehendes Gasthauses bekommen habe und wie ich mich mit deiner Hilfe verstecken konnte, bis der Krieg endlich aus war und die Amerikaner uns befreit haben, das habe ich alles meiner Mutter berichtet. Und als ich aufgestanden bin, war mein Kleid voller Dreck, und ich hatte nicht bemerkt, dass es angefangen hatte zu regnen. Und dann ging mein Leben einfach weiter, Jahr um Jahr, und heute, an Heiligabend ...

»Ich hass dich so!«, schrie sie. Und ihre Stimme versagte. Und sie drückte ihr Gesicht ins Gras, rieb mit der Wange hin und her, bis sie grüne und schwarze Streifen hatte. Und dann machte sie es mit der anderen Wange genauso. Ich kniete mich neben sie. Aus ihrem Mund tropfte Spucke. Grasknäuel in den Fäusten, hob sie zitternd die Arme, wandte mir ihr blasses, teigiges, von Tränen aufgedunsenes Gesicht zu, öffnete den Mund und wollte etwas sagen. Es gelang ihr nur ein Röcheln. Ihr Kleid, ihre Arme und Beine waren voller Flecken und Abschürfungen, ihre Knie mussten aufgescheuert und blutig sein. Sehr langsam drehte sie die Hände und öffnete die Fäuste. Und der Wind fegte die Grashalme von ihren Handflächen. Ein paar blieben an Erd- und Blutflecken kleben.
Sie beugte den Kopf zu mir. Und ich sah, dass sie den schwarzen Schleier über ihrem Dutt verloren hatte. »Verzeihen Sie«, sagte sie mit gebrechlicher Stimme. »Verzeihen Sie, dass ich so kindisch bin.«
»Sie sind nicht kindisch«, sagte ich.
In diesem Moment setzte sich ein Zitronenfalter auf ihre Schulter. Emmi Bregenz traute sich nicht, den Kopf zu wenden. Sie sah nur mich an, aus grabdunklen Augen. Auch ich bewegte mich nicht. Nach einer Weile, während die alte, gebückte Frau ihre Arme wie eine Priesterin aus-

gebreitet in der Luft hielt, schwebte der Schmetterling davon, ein geflügeltes Schmunzeln.

Mit kalten krustigen Fingern griff Emmi Bregenz nach meiner Hand. »Bitte.« Ihre Stimme war kaum zu verstehen. »Wenn Sie Einblick in den Bericht von meiner Schwester kriegen, können Sie mir dann sagen, was drin steht? Bitte?«

Ich verstand ihre Not, und dennoch sagte ich: »Ich werde den Bericht nicht bekommen. Ihre Schwester wollte es so.«

Sie sah mich an. »Kennen Sie das Märchen vom Schlafgott?«

Ich sagte: »Ich habe es inzwischen gelesen.«

»Da gibts ein kleines Gedicht, das hat ein Mädchen an den Jungen geschrieben, den Hjalmar ...«

... Ich war das, ich habe gleich aufgelegt. Verzeih mir! Aber jetzt, da ich das alles aufgeschrieben und beschlossen habe, ein Testament zu machen, endlich, obwohl ich doch recht gesund bin, habe ich auf einmal das Bedürfnis, deine Stimme zu hören. Und ich gestehe, ich würde dich gern noch einmal sehen, heimlich, nach den vielen Jahren, die wir nicht zählen wollen. Doch wie soll das gehen? Ich müsste dir eine Nachricht zukommen lassen, unbemerkt von der Welt, so wie damals, als wir unsere Briefe in dem morschen Brückenpfeiler versteckten, wo jeder von uns sie dann ungesehen abgeholt hat. Ich habe nachgeschaut, ich kenne deine Adresse. Nein. Vielleicht wirst du diesen Bericht nie bekommen, vielleicht überfordere

ich dich damit. Wozu solltest du das alles wissen? Es sind nur Alltäglichkeiten aus dem Leben eines alltäglichen Menschen, vielleicht mache ich mich nur wichtig damit. Heute ist Heiligabend. Heute rufe ich nicht mehr bei dir an. Anrufen ist wahrscheinlich die beste Möglichkeit, einmal wirst du drangehen und nicht die Maria, dann höre ich deine Stimme. Erinnerst du dich an das kleine Gedicht aus dem Märchen? Ich kanns immer noch auswendig, Emmi fand es blöde, sie hat mich immer nachgeäfft, wenn ich es aufgesagt habe.

»*Ich denke dein in mancher Stund', du süßes Kind,
du Liebling mein!
Ich hab geküsst dir deinen Mund, die Stirne,
Wangen rot und fein!
Dein erstes Wort ...*«

»*... vernahm mein Ohr!*«,

sagte Emmi Bregenz leise, und ihre Augen waren groß und schwarz.

»Doch musst ich fort, vergiss mein nicht!
Gott segne dich, den ich verlor ...«

»*... Du Engel aus des Herren Licht!*«

»*... Du Engel aus des Herren Licht!*«

Sie drückte fest meine Hand. »So hat sie ihn immer genannt, die Ruth.«
»Wie hat sie wen genannt?«, sagte ich.
»Den Schmarrn-Beni«, sagte Emmi Bregenz und schmunzelte. »›Engel‹ hat sie ihn genannt. Den Gabriel.« Sie ließ meine Hand los, senkte den Kopf und strich übers Gras. Sacht und behutsam und lange. Wie über den Kopf eines Kindes, das unruhig schläft.

»Stimmt das?«, sagte der Barmann, der neu im Hotel war. »Du warst früher bei der Kripo?«
»Ja«, sagte ich.
»Mordkommission?«
»Ich habe Vermisste gesucht.«
»Und gefunden?«
»Meistens«, sagte ich.
»Und dann habt ihr sie in die Unfreiheit zurückgebracht«, sagte der Barmann.
Ich schwieg. Manchmal, nachts in der Stille, blättere ich in den Aufzeichnungen der alltäglichen Frau mit dem Märchennamen. Die Blätter habe ich von Gabriel Seberg erhalten, der mich in jenem Mai angerufen und mir mitgeteilt hatte, er habe auf einem ausrangierten Konica-Kopierer, den er früher in seinem Geschäft benutzt habe und seither als sinnloses Andenken im Keller aufbewahre, Ruths Bericht für mich kopiert. Seine Frau dürfe davon nichts erfahren. »Und Sie müssen mir versprechen, dass Sie die Aufzeichnungen niemanden, vor allem nicht Emmi Bregenz, lesen lassen.« Ich fragte ihn, warum er sie

dann mir gebe, und er sagte: »Es ist mir leichter so, Ruth wollt die Bürde loswerden, jetzt muss ich sie tragen, und ich bin krank. Meine Frau denkt, ich werd wieder, und ich lass ihr den Glauben. In der ›Pension Ida‹ im Westend hab ich zu Ruth gesagt, dass ich dieses Jahr nicht überleben werd, aber sie hat geantwortet, ich soll mich bloß nicht vor der goldenen Hochzeit drücken. Ich hab mich noch nie vor was gedrückt. Aber wenns zum Ende geht, gehts zum Ende, und da soll man nicht schon vorher die Augen zumachen. Es wär mir wirklich leichter, wenn Sie die Kopie nehmen würden, sieht sehr ordentlich aus, gut lesbar, die Geräte halten einfach was aus, mit denen machen Sie fünftausend Kopien, und eine ist so sauber wie die andere.«
Der Barmann beugte sich über den Tresen. »Geht noch eins?«
»Unbedingt.«
Als er das frische Bierglas auf den Deckel stellte, sagte er: »Und du? Bist du auch so ein Abgetauchter? Einer, dens für die eigenen Leute nicht mehr gibt?«
Ich schwieg. Er zündete sich eine Zigarette an und wartete auf meine Antwort. Dann gab er es auf.
Und Martin, der manchmal neben mir sitzt, nachts in der Stille, zog an seiner Salemohne und sagte: Alter Schweigser!